Der Surrealismus ist nicht eine Epoche «von... bis...» (so wenig wie manche anderen Epochen der Kunst: wann wären Realismus und Naturalismus, wann wäre die Romantik «zu Ende» gewesen?).

Aber: sein Anfang ist genau zu benennen: Paris, Mitte der zwanziger Jahre.

Das super-realistische Anschauen der Welt, der Welt-Details, der Traum-Welt war für seine Erfinder (oder Finder, Entdecker) eine bestürzende und berauschende Erweiterung des Bewusstseins. Und seither spielt dies Verfahren eine bedeutende Rolle in der Kunst, zumal in der Malerei, in der Literatur und in der Filmkunst.

Dieses Buch bringt in französisch-deutschem Paralleldruck frühe und klassische surrealistische Texte, liebenswürdige und vertrackte, irritierende und erhellende.

Das Nachwort gibt eine ausführliche Begriffsbestimmung und zeigt unter anderem die Zusammenhänge und Widersprüche von Surrealismus und Psychoanalyse.

dtv zweisprachig · Edition Langewiesche-Brandt

LA RÉVOLUTION SURRÉALISTE

EIN LESEBUCH

Auswahl, Übersetzung und Nachwort von Una Pfau

Deutscher Taschenbuch Verlag

Deutscher Taschenbuch Verlag GmbH & Co. KG, München
1. Auflage Februar 1997
Erweiterte und überarbeitete Neuausgabe
des Bandes dtv 9172 aus dem Jahr 1981
Copyright-Nachweise Seite 174 ff
Umschlagentwurf: Celestino Piatti
Gesamtherstellung: Kösel, Kempten
ISBN 3-423-09355-2. Printed in Germany

André Breton/Philippe Soupault:
En 80 jours (de: Les champs magnétiques)

Les banlieues tristes des dimanches et les lignes d'intérêt local sont un triste décor. Le voyageur équipé de neuf qui part n'ayant dans son cerveau brillant qu'une seule idée parcourt des yeux sa maison, la cheminée et les grandes allées qui mènent aux mairies. Je n'ai jamais vu cependant dans les mains des voyageurs attardés cette obstination froide qui fait penser aux lacs des bords de la mer.

Son pas retentit ; il marche sur son cœur.

A ce moment, il n'y a donc plus rien qui compte, pas même les cris des serviteurs sur la porte, pas même ce regard éperdu des animaux domestiques. Le bras immobile, il ouvre les yeux et le soleil se lève doucement sur sa vie sacrifiée.

Chaque passage est salué par les départs des plus grands oiseaux.

Les jardins potagers sont entourés de clôtures variées et d'arbres de mai ou d'octobre qui laissent le vent aller à la dérive. Quelles sont ces maisons galeuses qui n'ouvrent leurs volets qu'au grand jour ? Les cheminées majeures et les portes de fer des bâtiments monotones laissent courir les cris et les ronrons des machines. Il faut encore tourner le dos. Ce sont des maisons basses qui nous guettent. Les habitants sont d'anciens fonctionnaires des colonies. Dans leurs regards, on peut lire la crainte des tapirs et leur voix est semblable aux gémissements des chacals aventureux. Ils laissent passer cet homme si grand et si courbé, puis ils l'appellent pour lui servir des plats épicés et lui conter des histoires inventées.

Il y a au centre africain un lac peuplé d'insectes mâles et qui ne savent que mourir à la fin du jour.

Il y a plus loin encore un grand arbre qui

André Breton / Philippe Soupault:
In achtzig Tagen (aus: Die Magnetfelder)
Deutsch von Ré Soupault

Die traurigen Vorstädte der Sonntage und die Bahnlinien von lokalem Interesse sind ein trauriger Dekor. Der neu ausstaffierte Reisende, der mit einer einzigen Idee in seinem brillanten Gehirn abfährt, lässt die Augen über sein Haus, den Kamin und die großen Alleen schweifen, die zu den Bürgermeisterämtern führen. Ich habe jedoch nie in den Händen der verspäteten Reisenden diesen kalten Starrsinn gesehen, der an die Seen der Meeresufer erinnert.

Sein Schritt dröhnt; er tritt auf sein Herz.

In diesem Moment zählt also nichts mehr, nicht einmal die Schreie der Diener an der Tür, nicht einmal dieser verlorene Blick der Haustiere. Den Arm unbeweglich öffnet er die Augen, und die Sonne erhebt sich sanft über sein geopfertes Leben.

Jede Passage wird von dem Abflug der größten Vögel begrüßt.

Die Küchengärten sind von verschiedenen Zäunen und Mai- oder Oktoberbäumen umgeben, die den Wind umhertreiben lassen. Was sind das für räudige Häuser, die ihre Fensterläden nur bei hellem Tageslicht öffnen? Die Hauptkamine und die Eisentüren der monotonen Gebäude lassen die Schreie und das Schnurren der Maschinen laufen. Man muss wieder kehrtmachen. Es sind niedrige Häuser, die uns belauern. Die Bewohner sind frühere Kolonialbeamte. In ihren Blicken kann man die Furcht vor den Tapiren lesen, und ihre Stimme gleicht den Seufzern verwegener Schakale. Sie lassen diesen großen, so gebeugten Mann vorüber, dann rufen sie ihn, um ihm scharfe Speisen zu servieren und ihm erfundene Geschichten zu erzählen.

In Zentralafrika gibt es einen See, der von männlichen Insekten bevölkert ist und die nur am Tagesende zu sterben wissen.

Noch weiter entfernt gibt es einen großen Baum, der die

surplombe les montagnes voisines: le chant des oiseaux est plus morne que la couleur des voiles.

Vous ne connaissez pas les mineurs qui construisent des théâtres dans les déserts. Les missionnaires qui les accompagnent ne savent plus parler leur langue maternelle.

A tous les carrefours, les femmes viennent chercher l'eau limoneuse que leur abandonne la colline, couleur des nuits malheureuses. On entend chaque soir un bruit sombre qui passe douloureusement pour nos oreilles fatiguées: c'est ce voyageur amaigri qui s'assoit sur le bord d'un fossé. Les mouches orangées des routes commençaient à s'assoupir. Effrayées de cette ombre qui les couvre, elles tournent en masses serrées et se posent sur ses joues poussiéreuses. Mais il ne voit rien d'autre que la chaleur probable d'un village et le courant d'air qui lui coupera ses mains courbaturées. La nuit s'approche et ses yeux se ferment. Son rêve est ardent et rêche: galops valeureux des oublis, monstre toujours coupable, sources silencieuses des journées abîmées, malheurs des hommes touchant des primes, fumée des mots clairs et des lignes obscurcies.

Qui dissipera ces cauchemars sans cesse renaissants? Les mouches désenchantées se sont tues et le compagnon le plus sûr est ce tas de cailloux qui fixe la route. On ne peut donc plus savoir quel crime a commis cet homme qui dort profondément au son des chants étoilés. Les rêves se tiennent par la main: habits des femmes écorchées, soupirs des oiseaux morts de faim, cris des bateaux de bois, profondeur des précipices sous-marins. Un poisson à la chevelure souillée glisse entre les bras des plantes. Un mollusque effrayé jette un regard sur toute l'eau qui le baigne pour y découvrir son sauveur. Le poisson chevelu ne veut pas s'apitoyer et sans arrêt, il coupe les racines qui veulent le retenir. Toute la mer ne pourrait savoir où il va: villes enterrées, chaleur des

benachbarten Berge überragt: der Gesang der Vögel ist düsterer als die Farbe der Segel.

Ihr kennt nicht die Bergleute, die in den Wüsten Theater bauen. Die Missionare, die sie begleiten, sprechen nicht mehr ihre Muttersprache.

An allen Kreuzwegen holen die Frauen das Schlammwasser, das ihnen der Hügel überlässt, Farbe unglücklicher Nächte. Jeden Abend hört man ein dunkles Geräusch, das schmerzlich für unsere müden Ohren vorüberzieht: es ist dieser abgezehrte Wanderer, der sich an den Grabenrand setzt. Die orangegelben Fliegen der Straßen fingen an einzuschlafen. Erschreckt von diesem Schatten, der sie bedeckt, drehen sie sich in geballten Massen und setzen sich auf seine staubigen Wangen.

Aber er sieht nichts anderes als die wahrscheinliche Wärme eines Dorfes und den Luftzug, der ihm seine steifen Hände abschneiden wird. Die Nacht naht, und seine Augen schließen sich. Sein Traum ist feurig und rauh: tapfere Galoppaden des Vergessens, immer schuldiges Ungeheuer, schweigende Quellen verdorbener Tage, Menschen, die Prämien erhalten, Rauch klarer Worte und verdunkelter Linien.

Wer wird diese Alpträume zerstreuen, die immer wiederkehren? Die enttäuschten Fliegen sind still geworden, und der sicherste Gefährte ist dieser Steinhaufen, der die Straße befestigt. Man kann also nicht mehr wissen, welches Verbrechen dieser Mann begangen hat, der beim Klang der gestirnten Lieder tief schläft. Die Träume halten sich bei der Hand: Kleider geschundener Frauen, Seufzer totgehungerter Vögel, Schreie der Holzschiffe, Tiefe der Unterwasser-Abgründe. Ein Fisch mit schmutzigen Haaren gleitet durch die Arme der Pflanzen. Ein erschrecktes Weichtier wirft einen Blick auf all das Wasser, das es umspült, um darin seinen Retter zu entdecken. Der behaarte Fisch will sich nicht erweichen lassen, und ununterbrochen schneidet er die Wurzeln ab, die ihn festhalten wollen. Das ganze Meer könnte nicht wissen, wohin er

corps étouffés, râle des patineurs pour la vie, maladies salées des bêtes errantes, gaz sans but, lanterne des jours, ivresse des boulevards, nuages abstraits des ciels occidentaux, passages des rires calmés, regard scieur de long, saumure emmurée, enregistrement des bassins et des parasites minéraux, magasin des souffrances à venir.

Et pourtant ce jour-là encore, le soleil s'est levé: cette route d'écailles conduisait à une ville profonde. On voyait à plusieurs kilomètres les toits multicolores qui brillaient. Une porte dorée fermait l'entrée. Dans la petite maison vitrée, un homme décoré des médailles mexicaines écrivait sur une toile les équations parallèles que lui dictait un papillon apprivoisé. Le voyageur s'arrêta et, pour la première fois depuis quelques mois, il parla à l'homme médaillé.

Ils n'avaient pas vu derrière eux un chien danois qui s'était couché devant le poêle. Il écouta. Lorsqu'il aboyait, on savait qu'il répétait toujours leurs paroles: «Dernier quartier de lune le 21, nouvelle le 27. Soleil: lever 3 h 50, coucher 7 h 56. – 1875: terrible inondation qui fait plusieurs milliers de victimes. 1795: création du bureau des longitudes, passage de la Bérésina. Les fleuves de la mer Caspienne. Malédictions.»

Les marchands de vin étaient à leur poste. Les hôtels les meilleurs sont trop sûrs et tout lasse. Les fenêtres plus larges que notre vue découpent le ciel en compartiments salutaires. On lui donna la chambre 18. Une de ses fenêtres était ouverte. Il se pencha. C'était une cour étroite. Les bruits des cuisines et les odeurs d'offices se disputaient l'espace. Il vit les métaux contournés et les divinités absurdes. Au milieu, une rigole attira ses regards parce que les chers réseaux se déchiraient. Eclat des majestés abstraites et des douleurs savantes, spasme des supplices nouveauté, solde des ruisseaux savonneux.
10 Une parfaite odeur baignait l'ombre et les mille
11 petites saveurs couraient. C'étaient des cercles den-

will: begrabene Städte, Wärme erstickter Leiber, Röcheln der Schlittschuhläufer ums Leben, gesalzene Krankheiten der umherirrenden Tiere, zielloses Gas, Laterne der Tage, Rausch der Boulevards, abstrakte Wolken westlicher Himmel, Passagen beruhigter Gelächter, Brettschneiderblick, eingemauerte Lake, Eintragung der Becken und der mineralischen Parasiten, Speicher kommender Leiden.

Und doch, an jenem Tag ist die Sonne noch einmal aufgegangen: diese Schuppenstraße führte in eine tiefe Stadt. Man sah auf mehrere Kilometer die vielfarbigen Dächer, die glänzten. Eine goldene Pforte schloss den Eingang. In dem kleinen Glashaus schrieb ein Mann, mit mexikanischen Medaillen geschmückt, auf eine Leinwand die parallelen Gleichungen, die ihm ein gezähmter Schmetterling diktierte. Der Reisende blieb stehen, und zum ersten Mal seit mehreren Monaten sprach er den medaillengeschmückten Mann an.

Sie hatten nicht einen dänischen Hund hinter sich gesehen, der sich vor den Ofen gelegt hatte. Er horchte. Als er bellte, wusste man, dass er immerfort ihre Worte wiederholte: «Letztes Mondviertel am 21. Neumond am 27. Sonne: Aufgang 3 Uhr 50, Untergang 7 Uhr 56. – 1875: furchtbare Überschwemmung, die mehrere Tausend Opfer fordert. 1795: Schaffung des Schiffahrtsamtes, Überquerung der Beresina. Die Ströme des Kaspischen Meeres. Verwünschungen.»

Die Weinhändler waren auf ihren Posten. Die besten Hotels sind zu sicher, und alles ermüdet. Die Fenster, breiter als unsere Sicht, schneiden den Himmel in heilsame Stücke. Man gab ihm das Zimmer 18. Eines seiner Fenster stand offen. Er beugte sich hinaus. Es war ein schmaler Hof. Die Küchengeräusche und die Gerüche der Speisekammern machten sich den Raum streitig. Er sah die krummen Metalle und die absurden Abgötter. In der Mitte zog eine Rinne seine Blicke auf sich, weil die lieben Netze zerrissen. Glanz der abstrakten Majestäten und der gelehrten Schmerzen, Krampf der Folterqualen Neuheit, Ausverkauf der seifigen Rinnsteine. Ein vollendeter Geruch umwehte den Schatten, und die tausend kleinen Geschmäcke liefen dahin. Es waren dichte Kreise, verwüstete

ses, des oripeaux ravagés. On apercevait à des millimètres de distance les aventures sans fin des microbes. Style des cris lavés et des visions apprivoisées. Les fumées courtes tombaient rageusement et sans ordre. Le vent seul pouvait absorber cette tourbe vivante, ces combinaisons paralysées. Les courses sauvages, les ponts des lenteurs, les abrutissements instantanés se trouvaient réunis et mêlés aux sables bleus des plaisirs modernisés, aux sacrifices sensationnels, à la troupe légère des stupéfiants élus. Il y avait les chants graves des reposoirs maladifs, les prières des marchands, les angoisses des pourceaux, les agonies éternelles des bibliothécaires.

Personne ne voulut frapper à la porte qui portait le numéro 18.

Sur les lèvres du voyageur, le sourire calme des croque-morts s'était posé. Il regarda autour de lui: c'était ce regard circulaire et lent de l'huissier scrupuleux. Il ne vit cependant que la glace de l'armoire qui occupait le seul coin sombre de la pièce. Des taches incolores la crevaient. Toute la nuit, il fixa ce miroir qui solidifiait les plus âpres pensées. Sa tête était peuplée d'insectes musclés qui parcouraient d'un vol les méandres de ses hémisphères cérébraux. Gentilles sauterelles de vinaigre. Il cherchait cette lumière rouge qui disparaissait régulièrement. La couleur oblongue de ce feu pâlissait et devenait le sang clair qui mêlé à cet acide jaune dont on ignore le nom, coulait dans ses veines. Un grand rire secoua cet homme qui, les yeux fermés, se tenait debout devant sa glace. La pâleur de son visage était extravagante et les crapauds auraient hurlé de peur en voyant cette face plus blanche qu l'air.

Avant le jour, il partit sans laisser d'adresse. Son ombre seule pourrait nous dire son incroyable gaieté. On apprit cependant qu'il s'était assis sur un banc et
12 qu'il regardait un mur. On l'entendait toujours rire et
13 on venait écouter ce qu'il disait: «Mois crucifiés des

Flitterkleider. Man bemerkte in einer Entfernung von Millimetern die endlosen Abenteuer der Mikroben. Stil gewaschener Schreie und gezähmter Visionen. Die kurzen Dämpfe fielen zornig und ohne Ordnung. Allein der Wind konnte diesen lebendigen Torf einsaugen, diese gelähmten Kombinationen. Die wilden Rennen, die Brücken der Trägheit, die augenblicklichen Vertierungen fanden sich vereint und mit dem blauen Sand modernisierter Vergnügungen, mit sensationellen Opferungen, mit der leichten Truppe gewählter Betäubungsmittel vermengt. Da waren die ernsten Gesänge der krankhaften Ruhebänke, die Gebete der Kaufleute, die Ängste der Schweine, die ewigen Todeskämpfe der Bibliothekare.

Niemand wollte an die Tür klopfen, die die Nummer 18 trug.

Auf die Lippen des Reisenden hatte sich das ruhige Lächeln der Leichenträger gelegt. Er blickte um sich: es war dieser kreisende und langsame Blick des gewissenhaften Gerichtsvollziehers. Er sah jedoch nur den Spiegel des Schrankes, der die einzige dunkle Ecke des Raumes ausfüllte. Farblose Flecken durchbrachen ihn. Die ganze Nacht starrte er diesen Spiegel an, der die bittersten Gedanken verdichtete. Sein Kopf war mit muskulösen Insekten bevölkert, die im Flug die Krümmungen seiner Gehirnhälften durcheilten. Nette Essig-Heuschrecken. Er suchte dieses rote Licht, das regelmäßig verschwand. Die längliche Farbe dieses Feuers erbleichte und wurde das helle Blut, das, vermischt mit dieser gelben Säure, deren Namen man nicht weiß, in seinen Adern floss. Ein lautes Lachen schüttelte diesen Mann, der mit geschlossenen Augen aufrecht vor seinem Spiegel stand. Die Blässe seines Gesichtes war überspannt, und die Kröten hätten vor Angst gebrüllt beim Anblick dieses Antlitzes, bleicher als die Luft.

Vor Tagesanbruch ging er fort, ohne eine Adresse zu hinterlassen. Allein sein Schatten könnte uns seine unglaubliche Fröhlichkeit sagen. Man erfuhr jedoch, dass er sich auf eine Bank gesetzt hatte und dass er eine Mauer betrachtete. Man hörte ihn immerfort lachen und man hatte gerade gehört,

enfances perdues, je vous ai donné tout mon sang, il est temps de me rendre ma liberté. Vous m'avez appris à écraser mes plus curieuses cruautés, j'ai hurlé de désirs et j'ai dû marcher au pas sans regarder les fumées des agglomérations malsaines. A toutes mes haines acidulées, vous avez donné le narcotique raisonnable. J'ai longtemps aimé ce revolver qu'on voyait dans la boutique de l'armurier. Tout est bien fini maintenant. Je connais votre lâcheté et j'ai parcouru les régions brumeuses et solitaires. Je suis parti pour toujours avec ces deux amis qui ne m'abandonneront jamais : mes deux mains plus fortes que la lumière. J'ai vu tous les ports d'attente, tous les paysages passionnés. Je sais les cris fervents des insectes, les vols poussiéreux des oiseaux de passage et les bonds calmes des bêtes fauves. J'ai vendu des crimes et des larmes inodores, j'ai trafiqué avec orgueil et j'ai soif encore. Personne ne peut me dire une richesse nouvelle. Les diamants des Indes, les pépites de Californie ne m'intéressent plus, j'ai vu de trop parfaits idiots. Les déserts m'ont paru grotesques, j'évite maintenant les oasis. Le royaume des collines parfumées est à la portée de toutes les bourses et je connais très bien les plages sans végétation tropicale.»

Il s'était levé et marchait à pas lents sur un quai. Il entra dans un café plus lumineux que les autres : une cigarette se consumait entre ses doigts. Un ancien armateur boit à petites gorgées. C'est son fils qui lui parle des mois écoulés. Derrière les buissons artificiels, les regards des gamins le guettent. C'est un ennui fiévreux.

L'épicerie voisine est pleine de monde. Saluons au passage ces sourires identiques. La meilleure boîte de homard n'est rien pour eux, les vins chimiques ne les grisent pas. Les calculs des postes auxiliaires et les rendezvous des publications à fort tirage sont les attraits majestueux des villes. Dans certains passages

was er sagte: «Gekreuzigte Monate verlorener Kindheiten, ich habe euch mein ganzes Blut geschenkt, es ist Zeit, mir meine Freiheit zurückzugeben. Ihr habt mich gelehrt, meine kuriosesten Grausamkeiten zu zerquetschen, ich habe vor Begierde geheult, und ich musste im Schritt gehen, ohne die Dämpfe ungesunder Ortschaften anzusehen. Allen meinen sauren Gehässigkeiten habt ihr das vernünftige Narkotikum gegeben. Lange habe ich diesen Revolver geliebt, den man in dem Laden des Waffenhändlers sah. Alles ist jetzt aus und vorbei. Ich kenne eure Feigheit, und ich habe die nebligen und einsamen Regionen durchstreift. Ich bin für immer fortgegangen mit diesen beiden Freunden, die mich nie verlassen werden: meine beiden Hände, stärker als das Licht. Ich habe alle Wartehäfen gesehen, alle leidenschaftlichen Landschaften. Ich kenne die inbrünstigen Schreie der Insekten, die staubigen Flüge der Zugvögel und die ruhigen Sprünge der Raubtiere. Ich habe Verbrechen und geruchlose Tränen verkauft, ich habe mit Hochmut geschachert und ich bin immer noch durstig. Niemand kann mir von einem neuen Reichtum sagen. Die Diamanten Indiens, die Goldklumpen Kaliforniens interessieren mich nicht mehr, ich habe zu vollkommene Idioten gesehen. Die Wüsten schienen mir grotesk, ich meide jetzt die Oasen. Das Königreich der parfümierten Hügel ist für jede Börse erreichbar, und ich kenne sehr gut die Strände ohne tropische Vegetation.»

Er war aufgestanden und ging langsamen Schrittes über einen Kai. Er trat in ein Café, das heller war als die anderen: eine Zigarette verzehrte sich zwischen seinen Fingern. Ein ehemaliger Reeder trinkt mit kleinen Schlucken. Es ist sein Sohn, der ihm von vergangenen Monaten spricht. Hinter den künstlichen Hecken belauern ihn die Blicke der Gassenjungen. Das ist eine fiebrige Sorge.

Der benachbarte Krämerladen ist voller Leute. Grüßen wir im Vorbeigehen diese identischen Lächeln. Die beste Hummerbüchse ist nichts für sie, die chemischen Weine machen sie nicht trunken. Die Kalkulationen der Nebenpostämter und die Verabredungen der Veröffentlichungen mit großer Auflage sind die majestätischen Lockungen der

fameux, on sait que des animaux sans nom dorment sans inquiétude.

Un agent de police du VIe arrondissement rencontra un homme qui sortait d'un café et qui courait. Un carnet tomba de sa poche mais l'homme avait disparu. A la lumière d'un haut réverbère, il lut ces quelques lignes écrites au crayon :

La rougeur des crépuscules ne peut effrayer que les mortels. J'ai préféré la cruauté.

Les manufactures anatomiques et les habitations à bon marché détruiront les villes les plus hautes.

A travers les vitres des hublots, j'ai vu toujours les mêmes visages : c'étaient des vagues échappées.

La fièvre tourne doucement dans ma poitrine ; on dirait le bruit plus lointain des villes vers onze heures du soir.

L'homme courait à perdre haleine. Il ne s'arrêta que lorsqu'il aperçut une place. Héros des grandes expéditions, il oubliait toute prudence. Mais les vagissements d'un nouveau-né lui firent comprendre la gravité de l'heure. Il sonna à une petite porte et aussitôt la fenêtre qu'il regardait s'ouvrit. Il parla, attendant en vain une réponse. Il n'y avait plus personne sur la place. Il reconnut son ami et les souvenirs frappèrent ses oreilles. Comètes postiches, éruptions falsifiées, clefs des songes, charlatanismes obscurs. Il comprit la lueur des symboles et les monstrueuses évocations. Une sueur régulière et déprimante n'est pas plus atroce que cette vision aiguë des baudruches soi-disant créées. Le vide est sans doute moins étourdissant que ces danses acrobatiques. Des paroles passaient : c'était un vol triangulaire et furtif : il n'y avait donc plus rien à faire qu'à marcher sans but : les asiles d'aliénés sont peuplés de ces fragments de rêves qui conduisent les hommes devant un mur inexistant. Ophtalmies des jeunesses stériles. Les mots tombaient, entraînant tous nos élans dans leur chute.

Städte. In gewissen berühmten Passagen weiß man, dass namenlose Tiere ohne Unruhe schlafen.

Ein Polizist des 6. Bezirks traf einen Mann, der aus einem Café kam und lief. Ein Heft fiel aus seiner Tasche, aber der Mann war verschwunden. Beim Licht einer hohen Laterne las er diese wenigen mit Bleistift geschriebenen Zeilen:

Die Röte der Dämmerungen kann nur die Sterblichen erschrecken. Ich habe die Grausamkeit vorgezogen.

Die anatomischen Manufakturen und die billigen Wohnungen werden die höchsten Städte zerstören.

Durch die Fenster der Schiffsluken habe ich immer die gleichen Gesichter gesehen: es waren entflohene Wellen.

Das Fieber dreht sich sanft in meiner Brust; man könnte sagen, das fernere Geräusch der Städte gegen elf Uhr abends.

Der Mann lief, dass er außer Atem kam. Er stand erst still, als er einen Platz bemerkte. Held großer Expeditionen, vergaß er jede Vorsicht. Aber das Geschrei eines Neugeborenen ließ ihn den Ernst der Stunde begreifen. Er läutete an einer kleinen Tür, und sofort öffnete sich das Fenster, das er betrachtete. Er sprach, während er vergeblich eine Antwort erwartete. Es war niemand mehr auf dem Platz. Er erkannte seinen Freund, und die Erinnerungen schlugen an seine Ohren. Unechte Kometen, gefälschte Ausbrüche, Schlüssel der Träume, obskure Scharlatanerien.

Er begriff den Schein der Symbole und die monströsen Beschwörungen. Ein gleichmäßiger, deprimierender Schweiß ist nicht grausiger als diese scharfe Vision der sogenannten erfundenen Prahlereien. Die Leere ist zweifellos weniger betäubend als diese akrobatischen Tänze. Worte zogen vorüber: es war ein dreieckiger, verstohlener Flug: es gab also nichts mehr zu tun als ziellos zu wandern: die Irrenhäuser sind von diesen Traumfragmenten bevölkert, die die Menschen vor eine nicht existierende Mauer führen. Augenentzündungen steriler junger Leute. Die Worte fielen, indem sie unseren ganzen Schwung in ihrem Sturz mit sich rissen.

Mais le vent avait ouvert toutes grandes les portes et ils se précipitèrent dans la nuit d'argile. Ils voyaient au-delà des brouillards. Une flamme montait et redescendait léchant les nuages.

Pendant plusieurs nuits consécutives, le voyageur courut. Ses pensées vagabondes le précédaient. Les insectes qui affolent les chevaux sont moins tenaces que ces tournoiements réguliers.

Affection prolongée des fibres nerveuses, régularité des remords salissants, dessein écrasant des solitudes reconnues. On parlait des amusements sentimentaux, des cargaisons pénitentiaires. A la lisière des sapinaies lapidées, dans les souterrains retrouvés, les yeux s'habituent à cette lumière rigoureuse. Les cycles des ombres perdues et la moire cultivée des cieux marins n'existaient plus pour ce voyageur que rien n'effrayait : les éléments tendrement énergiques, les animaux que la cruauté divinise : poissons-lunes des profondeurs océaniques, crapauds chatoyants des buissons creux, oiseaux bercés de cris.

Les clairières des forêts maritimes et des ports connus sont trop parfumées. Un fossé sablonneux, une route sans ornières abritent les plus grandes pensées.

Aber der Wind hatte die Tore ganz weit geöffnet, und sie stürzten sich in die tönerne Nacht. Sie sahen über die Nebel hinaus. Eine Flamme stieg hoch und wieder herunter, wobei sie die Wolken leckte.

Mehrere Nächte lang hintereinander lief der Wanderer. Seine umherstreifenden Gedanken gingen ihm voraus. Die Insekten, die die Pferde wild machen, sind weniger hartnäckig als dieses regelmäßige Gewirbel.

Andauerndes Leiden der nervösen Fasern, Regelmäßigkeit der beschmutzenden Gewissensbisse, zermalmende Absicht der anerkannten Einsamkeiten. Man sprach von sentimentalen Belustigungen, von Schiffsladungen zur Besserung der Strafgefangenen. Am Rande der gesteinigten Tannenwälder, in den wiedergefundenen unterirdischen Gängen, gewöhnen sich die Augen an dieses unerbittliche Licht. Die Zyklen der verlorenen Schatten und der kultivierte Moiré der Meereshimmel existierten nicht mehr für diesen Reisenden, den nichts erschreckte: die sanft energischen Elemente, die Tiere von der Grausamkeit vergöttert: Mond-Fische der ozeanischen Tiefen, schillernde Kröten der hohlen Gebüsche, Vögel von Schreien gewiegt.

Die Lichtungen der Küstenwälder und der bekannten Häfen sind allzu parfümiert. Ein sandiger Graben, ein Weg ohne Wagenspuren bieten den größten Gedanken Schutz.

Des canons de neige bombardent les vallées du désastre permanent. Cadavres périmés, les périmètres de l'azur ne sont plus chambres pour l'amour et la peste au sourire d'argent entoure les fenêtres de cerceaux de platine. Les métaux en fusion sont filtrés sur des buvards de pigeons géants ; puis, concassés, ils sont expédiés vers les volcans et les mines. Traînées de plomb, traînées de marbre, minéraux et carbones, monde souterrain où personne ne voyagea, n'êtes-vous pas l'esprit chû aux pieds de la mort? Limon rouge des océans, lacs métalliques, poissons aveugles, algues blanchâtres, mystères de la profondeur, insolubles reflets du ciel! Et voilà la périphérie des météores et les orbites des comètes qui s'évanouissent dans la gloire d'un chêne plus vieux que la lune. Les astéroïdes se dispersent sur toutes les nations. Des femmes en recueillent pour orner leur piano, des hommes tendent leur chapeau, les enfants crient et les chiens pissent contre les murs tachés de cervelle.

Les raisins ne mûriront pas cette année ; les fleurs mourront sans fruits aux premières clameurs de la subversion des champs. La terre arable, la marne et le calcaire, l'humus et le terreau, des hommes les projettent dans l'atmosphère où l'orgueil du travail humain se disperse joyeusement. Les minerais qui déchirent si agréablement les mains, les fossiles, le granit et le feldspath, les cristaux, le mica, le sable d'or – les hommes les pétrissent de leurs doigts sanglants, ils les piétinent afin que leurs pieds même partagent leur bonheur ; ils creusent sans fin, les tunnels deviennent carrières, l'ardeur de ce monde sans vie conquiert l'humanité aux premières lueurs d'un nouvel ascétisme.

Araignée géante qui pétrifie au centre de notre planète les épopées et les fastes des peuples, pourquoi

Raymond Queneau: Traum

Schneekanonen beschießen die Täler des ständigen Unheils. Verfallene Leichname, sind die Himmelkreise keine Zimmer mehr für die Liebe, und die Pest mit dem Silberlächeln umgibt die Fenster mit Reifen aus Platin. Schmelzende Metalle werden von Riesen-Tauben durch Fließblätter gefiltert; dann werden sie zermahlen und in die Vulkane und Minen geschickt. Stufen aus Blei, Stufen aus Marmor, Mineralien und Kohlenstoff, unterirdische Welt, wo noch niemand gereist ist, seid Ihr nicht der Geist, der dem Tod zu Füßen gefallen ist?

Roter Schlamm der Meere, metallische Seen, blinde Fische, weißliche Algen, Geheimnisse der Tiefe, unlösbarer Widerschein des Himmels! Und da sind die Ränder der Meteore und die Augenhöhlen der Kometen, die sich in die Herrlichkeit einer Eiche auflösen, die älter ist als der Mond. Sternschnuppen verstreuen sich über alle Nationen. Die Frauen ernten davon, um ihr Klavier zu schmücken, die Männer strecken ihren Hut aus, die Kinder schreien, und die Hunde pissen gegen die mit Gehirn befleckten Mauern.

Die Trauben werden dieses Jahr nicht reif werden; die Blumen werden beim ersten Geschrei des Acker-Umbrechens ohne Früchte sterben. Pflügbare Erde, Mergel und Kalk, Humus und Mutterboden: die Männer werfen es alles in die Luft, wo der Hochmut der menschlichen Arbeit sich freudig verstreut.

Mineralien, die so angenehm die Hände zerreißen, Fossilien, Granit und Feldspat, Kristalle, Glimmer, Goldsand: die Männer kneten sie mit ihren blutenden Fingern, sie trampeln darauf herum, damit selbst ihre Füße ihr Glück teilen; sie graben ohne Ende, Tunnels werden zu Rennbahnen, die Glut dieser leblosen Welt erobert die Menschheit beim ersten Schimmer einer neuen Enthaltsamkeit.

Riesen-Spinne, die im Mittelpunkt unseres Planeten die Heldengesänge und das Gepränge der Völker zu Stein werden

gardes-tu si longtemps ces fossiles dans tes coffres de dentelle? Donne-nous ces pierres comiques, ces rhomboèdres obscènes, ces résidus de vie, ces débris de vengeances et de sang, afin que nous en riions une dernière fois. Et vous, poulpes, donnez-nous ces astres et ces passions que vous conservez dans vos cavernes de l'Océan Pacifique, sinon la terre se dispersera dans le ciel, et sur chaque aérolithe né de sa mort, un homme se desséchera dans la pureté de l'éther.

lässt, warum bewahrst du diese Fossilien so lange in deinen Spitzenkoffern auf? Gib uns diese komischen Steine, diese anstößigen Rhomboeder, diese Restbestände an Leben, diese Trümmer aus Rache und Blut, damit wir ein letztes Mal darüber lachen. Und ihr Tintenfische, gebt uns diese Sterne und diese Leidenschaften, die ihr in euren Höhlen im Stillen Ozean aufbewahrt, sonst wird die Erde sich in den Himmel verlieren, und auf jedem Meteorstein, der aus ihrem Tod entstanden ist, wird ein Mensch in der Reinheit des Weltalls vertrocknen.

Michel Leiris: Rêve

1° Entrant un soir dans ma chambre, je m'aperçois assis sur mon lit. D'un coup de poing j'anéantis le fantôme qui a volé mon apparence. A ce moment ma mère paraît au seuil d'une porte, tandis que par la porte d'en face entre son double, exactement semblable à elle. Je crie très fort, mais mon frère survient, accompagné lui aussi de son double, qui m'ordonne de me taire.

2° Une rue de banlieue, la nuit, entre des terrains vagues. A droite un pylône métallique dont les traverses portent sur chacun de leurs points d'intersection une lampe électrique allumée. A gauche une constellation reproduit, renversée (la base dans le ciel et la pointe vers la terre), exactement la forme du pylône. Le ciel est couvert de floraisons (bleu foncé sur fond plus clair) identiques à celles du givre sur une vitre. Les lampes s'éteignent à tour de rôle, et chaque fois que la lumière de l'une d'elles s'évanouit, l'étoile correspondante disparaît aussi.

Il fait bientôt tout à fait nuit.

3° Dialogue entre André Breton et Robert Desnos :

A. B., à R. D. – La tradition sismotérique ...

R. D. (se transforme en pile d'assiettes).

4° Je pars en bateau-mouche d'un petit port fluvial dans lequel sont amarrés les vaisseaux des pirates et des corsaires du XVIIe et du XVIIIe siècles. Tous les genres d'embarcations sont représentés ; il y a même un bateau à vapeur, analogue aux remorqueurs que l'on voit sur la Seine. Le Vaisseau-Amiral est très grand, constitué par deux moitiés de coque reliées entre elles par un pont unique, de manière à ce qu'un

Michel Leiris: Traum

1. Als ich eines Tages in mein Zimmer eintrete, gewahre ich mich auf meinem Bett sitzend. Mit einem Faustschlag vernichte ich die Traumgestalt, die mein Aussehen gestohlen hat. In diesem Augenblick erscheint meine Mutter an der Schwelle einer Tür, während ihre Doppelgängerin, ihr genau gleich, durch die gegenüber befindliche Tür eintritt. Ich schreie sehr laut, aber mein Bruder kommt hinzu, ebenfalls von seinem Doppelgänger begleitet, der mir befiehlt zu schweigen.

2. Eine Vorortstraße in der Nacht zwischen *leerem Gelände*. Rechts ein Metallmast, dessen Querstangen an jedem ihrer Schnittpunkte eine angezündete elektrische Lampe tragen. Links wiederholt ein umgestürztes Sternbild (die Basis im Himmel und die Spitze zur Erde) genau die Form des Mastes. Der Himmel ist mit Blüten bedeckt (dunkelblau auf hellerem Grund), die denen des Rauhreifs auf einer Fensterscheibe gleichen. Die Lampen erlöschen der Reihe nach, und jedes Mal, wenn das Licht von einer von ihnen vergeht, verschwindet auch der entsprechende Stern.

Bald ist es ganz Nacht.

3. Dialog zwischen André Breton und Robert Desnos

A. B. zu R. D. Die seismotorische Tradition...

R. D. (verwandelt sich in einen Stapel Teller).

4. Ich fahre in einen Seine-Boot von einem kleinen Flusshafen ab, in dem die Schiffe der Piraten und Korsaren des XVII. und XVIII. Jahrhunderts vertäut sind. Alle Arten von Wasserfahrzeugen sind dort zu finden; es gibt sogar ein Dampfschiff, ähnlich den Schleppdampfern, die man auf der Seine sieht. Das Flaggschiff ist sehr groß und besteht aus zwei Schalenhälften, die durch eine einzige Brücke miteinander verbunden sind, so dass ein kleineres das Flaggschiff auf der

navire plus petit puisse traverser le Vaisseau-Amiral dans le sens de la largeur et passer sous le pont comme sous une arche fixe. Les voiles ne peuvent faire qu'un mouvement, s'abaisser et se relever comme des ponts-levis, ou comme des ailes, selon le mouvement simple auquel on réduisait autrefois le vol des oiseaux.

Le bateau-mouche me conduit aux ruines de l'abbaye de Jumièges. Après une longue promenade à travers des couloirs et des escaliers, je trouve, couché dans un lit, mon frère. Je lui demande ce qu'il fait là. Il me répond qu'il dirige le «Dispensaire de l'Abbaye», – puis il m'explique le jeu de la «Visite au Tact», pratiqué à des dates fixes dans la région (dans une crypte du monastère, plusieurs jeunes filles se tiennent, nues, et le visage masqué; un jeune homme, désigné par le sort, part à minuit d'un village voisin et s'introduit dans la crypte les yeux bandés. Il doit faire l'amour avec les jeunes filles, jusqu'à ce qu'il ait reconnu l'une d'entre elles, rien qu'au toucher, et si celle-ci de son côté l'a reconnu il est tenu de l'épouser).

5° Je suis au bord de la mer, sur une plage du genre de Palm-Beach, avec une amie nommée Nadia. Pour s'amuser à me faire peur et savoir si j'aurais du chagrin de sa mort, Nadia, qui sait très bien nager, veut faire semblant de se noyer. Mais elle se noie pour de bon, et l'on me rapporte son corps inanimé. Je commence par pleurer beaucoup, puis je finis par me consoler en faisant ce petit jeu de mots:

Nadia, naïade noyée.

Breitseite queren und unter der Brücke wie unter einem festen Bogen hindurchfahren kann. Die Segel können nur eine einzige Bewegung machen, sich senken und wieder heben wie Zugbrücken oder wie Flügel, entsprechend der einfachen Bewegung, auf die man früher den Flug der Vögel reduziert hat.

Das Seine-Boot fährt mich zu den Ruinen der Abtei von Jumièges. Nach einem sehr langen Spaziergang durch die Gänge und über die Treppen finde ich in einem Bett liegend meinen Bruder. Ich frage ihn, was er dort tut. Er antwortet mir, dass er das «Armenhospital der Abtei» leitet, dann erklärt er mir das Spiel des «Besuches mit Feingefühl», das zu bestimmten Zeiten in dieser Gegend gespielt wird: In einer Krypta das Klosters halten sich mehrere nackte junge Mädchen mit maskiertem Gesicht auf; ein junger Mann, der durch das Los bestimmt wird, bricht um Mitternacht von einem benachbarten Dorf auf und schleicht sich mit verbundenen Augen in die Krypta. Er muss mit den jungen Mädchen schlafen, bis er eine von ihnen an der bloßen Berührung erkannt hat, und wenn diese ihn ihrerseits erkennt, muss er sie heiraten.

5. Ich bin an der Meeresküste, an einem Strand ähnlich wie Palm-Beach mit einer Freundin namens Nadia. Um mir zum Spaß Angst einzujagen und zu erfahren, ob ich über ihren Tod betrübt wäre, will Nadia, die sehr gut schwimmen kann, so tun, als ob sie ertränke. Aber sie ertrinkt wirklich, und mir wird ihr lebloser Körper gebracht. Ich weine zuerst sehr, dann tröste ich mich schließlich und mache dabei ein kleines Wortspiel:

Nadia, ertrunkene Najade.

Benjamin Péret:
L'amour des heures, la haine du poivre

Un clou, deux clous, trois clous et voici notre maison bâtie. Devant elle se dresse une épée de sucre qui, sous l'influence d'un rayon de soleil, tend à devenir un monde nouveau, une planète de feuilles sèches dont le désir de rotation autour d'un couple de hérons, se manifeste pas un léger hululement qui est le signal du départ pour les 48 coureurs engagés dans la course de Paris à l'etoile polaire en passant par tous les nouveaux cinémas des capitales européennes. Les voici partis; mais, tandis que dans les courses que nous voyons de temps à autre dans les forêts de sel, les coureurs disparaissent un à un comme des gouttes de rosée, cette fois-ci ils se multiplient à mesure que croit la distance qui les sépare de leur point de départ, sans que, pour cela, diminue celle qui les sépare de leur but. Et voici que, maintenant, leur taille devient de plus en plus élevée, si bien qu'on ne tarde pas à les confondre avec les monuments publics, puis avec les arbres des forêts, puis avec les falaises et les montagnes, puis avec l'ombre des montagnes et les voici disparus. Ils ne sont pas morts comme on pourrait le croire, mais ils sont devenus les cinq doigts de ma main qui écrit VÉROLE à l'usage de mes contemporains. Ceux-ci n'en sont pas surpris car ils savent quel usage les architectes font de la vérole, mais moi qui l'ignore je suis obligé d'attendre l'arrivée de Nestor qui répand devant moi les trésors de son intelligence sous forme de dragées remplies de fourmis, lesquelles n'ont rien de plus pressé que de sortir de leur abri pour dévorer ma chaussure, neuve par la grâce de Dieu.

 – Eh bien, Nestor, qu'attends-tu pour me parier
 de la vérole?

Benjamin Péret:
Die Liebe zu den Stunden, der Hass auf den Pfeffer

Ein Nagel, zwei Nägel, drei Nägel – und schon ist unser Haus gebaut. Vor ihm ist ein Zuckerschwert aufgepflanzt, das unter der Einwirkung eines Sonnenstrahles dazu neigt, eine neue Welt zu werden, ein Planet aus trockenen Blättern, dessen Wunsch, sich um ein Reiherpaar zu drehen, sich durch ein schwaches Heulen offenbart, dem Startzeichen für die 48 Läufer, die zu dem Wettlauf von Paris zum Polarstern mit Umweg über alle neuen Kinos der europäischen Hauptstädte verpflichtet sind. Nun sind sie aufgebrochen, aber während bei den Wettrennen, die wir von Zeit zu Zeit in den Salzwäldern beobachten, die Läufer nacheinander verschwinden Tautropfen gleich, vervielfachen sie sich dieses Mal in dem Maße, wie die Entfernung, die sie von ihrem Ausgangspunkt trennt, wächst, ohne dass deswegen die abnimmt, die sie von ihrem Ziel trennt.

Und nun wird ihre Gestalt immer schlanker und höher, so dass man sie unverzüglich mit den öffentlichen Denkmälern verwechselt, dann mit den Waldbäumen, dann mit den Steilküsten und den Bergen, dann mit dem Schatten der Berge, und dann sind sie verschwunden. Sie sind nicht tot, wie man glauben könnte, sondern sie sind zu den fünf Fingern meiner Hand geworden, die zum Gebrauch meiner Zeitgenossen *Syphilis* schreibt. Diese sind nicht überrascht, denn sie wissen, welchen Gebrauch die Architekten von der Syphilis machen, aber ich, der das nicht weiß, bin dazu verpflichtet, die Ankunft von Nestor zu erwarten, der vor mir die Schätze seiner Intelligenz ausbreitet in Form von Bonbons, die mit Ameisen gefüllt sind. Diese haben nichts Eiligeres zu tun, als aus ihrem Versteck herauszukommen, um meinen Schuh zu verzehren, der durch die Gnade Gottes neu ist.

Nun, Nestor, worauf wartest Du, um mit mir über die Syphilis zu reden?

Nestor. – Un jour que je contemplais, avec toute l'attention qui convient à un pareil examen, une porte-fenêtre qui s'agitait faiblement sous la poussée du parfum des roses tapissant un parterre voisin, je vis la vitre se couvrir d'inscriptions chinoises que je ne comprenais pas. Un chien aboya si près de moi que mon fauteil fondit sous moi comme si l'émotion lui avait coupé les jambes et je me trouvai étendu sur le dos – comme un hanneton – au milieu d'une tarte aux abricots qui s'attendait à un tout autre accueil de ma part et se vengea de mon inconvenance en me lançant au visage un jet de sulfate de cuivre, en sorte que je fus obligé de tenir, pendant un laps de temps que je puis évaluer à cinq années au moins, le rôle d'un cep de vigne atteint de phylloxera. Je n'en fus pas plus satisfait que cela et manifestai hautement mon mécontentement en m'obstinant à produire des haricots verts sautés au lieu du raisin qu'on attendait de moi.

Au bout de cinq ans donc, une ancre de marine tombant près de moi sur un champignon qui ne survécut pas à cet accident, me rendit ma forme humaine, non sans la modifier sensiblement; par exemple, je n'avais plus que quatre orteils à chaque pied; par contre j'avais trois testicules dont un, celui du milieu, qui avait la forme, la couleur et les dimensions d'une framboise. C'est alors que l'idée de la vérole se présenta à mon esprit: un dé à jouer dont le chiffre ∴ seul était visible se planta devant mes yeux avec l'intention de s'y maintenir envers et contre tous. Néanmoins, vous devez bien penser que la volonté d'un dé à jouer ne compte pas devant celle d'un homme que n'effraye aucun péril, méme pas l'idée d'un lacet de chaussure tournant au-dessus de sa tête à la vitesse de 75 nœuds à l'heure. En un clin d'œil, je fis de ce dé la paupiére du macaroni. Mais, je vous le demande, que restera-t-il des paupiéres du macaroni et méme du macaroni lorsque les pluies

Nestor – Eines Tages, als ich mit der ganzen Aufmerksamkeit, wie sie eine derartige Prüfung erfordert, eine Fenstertür betrachtete, die sich schwach im Strom des Duftes der Rosen, die auf einem benachbarten Beet standen, bewegte, sah ich, wie die Scheibe sich mit chinesischen Inschriften bedeckte, die ich nicht verstand. Ein Hund bellte so nahe bei mir, dass mein Sessel unter mir zusammenbrach, als ob die Aufregung ihm die Beine abgesägt hätte, und ich fand mich auf dem Rücken liegend wieder – wie ein Maikäfer – inmitten eines Abrikosenkuchens, der nicht erwartete, von mir auf diese Weise empfangen zu werden und sich für meine Ungehörigkeit rächte, indem er mir einen Kupfersulfatstrahl ins Gesicht schleuderte. So musste ich nun eine Zeitspanne lang, die ich zumindest auf fünf Jahre schätze, die Rolle eines von Reblaus befallenen Weinstockes spielen. Ich war deswegen keineswegs zufriedener und zeigte deutlich meinen Ärger, indem ich mich darauf versteifte, gekochte grüne Bohnen zu produzieren anstatt der Trauben, die man von mir erwartete.

Nach fünf Jahren also gab mir ein Anker, der nahe bei mir auf einen Pilz fiel, der den Unfall nicht überlebte, meine menschliche Gestalt zurück nicht ohne sie merklich zu verändern. Zum Beispiel hatte ich nur noch vier Zehen an jedem Fuß; dagegen hatte ich drei Hoden, deren mittlere die Form, Farbe und Größe einer Erdbeere hatte. Da stellte sich meinem Geist der Gedanke an Syphilis dar: ein Würfel, dessen Ziffer ::: allein sichtbar war, pflanzte sich vor meinen Augen auf mit der Absicht, sich dort trotz und gegen den Willen aller zu halten. Dennoch können Sie sich wohl denken, dass der Wille eines Würfels nicht zählt angesichts dessen eines Mannes, den keine Gefahr schreckt, nicht einmal die Idee eines Schnürsenkels, der mit einer Geschwindigkeit von fünfundsiebzig Knoten in der Stunde über seinem Kopf herumwirbelt. In einem Augenblick formte ich aus diesem Würfel die Makkaroniwimper. Aber ich bitte Sie, was wird von diesen Makkaroniwimpern und sogar vom Makkaroni selbst übrig bleiben, wenn der Winterregen und die Winde des Weltalls ihm das Gesicht gebleicht haben? Vielleicht wird

d'hiver et les vents de l'univers auront décoloré son visage? Peut-être n'en subsistera-t-il pas une graine de plafond! Et alors, que voulez-vous qu'il advienne des rochers de céramique qui marquent l'entrée des forteresses où se terrent les zouaves vérolés qui veulent éviter de rencontrer les esclaves du violoncelle et les maris des farandoles qui dévastent les océans, estropient les requins, volent les carapaces des tortues et chassent les colombes de leur colombier pour y installer des perruques. Les zouaves sont d'anciennes fougères que la fantaisie du lacet de chaussure à affublées d'un pantalon bouffant pour les différencier des mandolines et des timbres-poste. Ils s'en vont par les plaines incultes pêcher, pour les bonnes d'enfant, des souris blanches dans la gueule des saumons, lesquels se prêtent très aimablement à cette opération qui satisfait leur désir de parfum. L'un d'eux, un zouave plus vérolé que les autres, au regard de moustache, s'éloigne de ses compagnons. C'est qu'il recherche l'essence de la bière et la profondeur des mers pendant les tempêtes. Il passe le long d'un fleuve large comme la main qui chavire des plumes de perroquet. Il en conclut qu'il traverse l'Amérique du sud et s'attend à rencontrer, quelques mètres plus loin, un bagnard occupé à compter les serpents de la forêt vierge. Il ne rencontre pas de bagnard, mais une barrière de défenses d'éléphants. Il la franchit et marche maintenant sur un tapis des brioches. Il ne doute plus que ce tapis le conduise à un sofa où se prélasse quelque jeune fille, jolie comme le feu solitaire et nue qui ne demande pas mieux que de faire l'amour avec une orchidée isolée du reste du monde et ignorante au point de ne pas connaitre la couleur de ses fleurs. Mais l'orchidée n'aime pas la jeune fille. Elle ne songe qu'à la vérole, son amie. Le zouave, homme d'esprit simple dont la vie n'est qu'une lente reptation
32 tion autour des chevilles d'une musulmane, lui
33 répond par un bâillement qui ne le satisfait pas. Pour

nicht einmal eine Erhebung an der Decke davon übrig bleiben! Und dann, was soll denn Ihrer Ansicht nach aus den Keramikfelsen werden, die am Eingang der Festungen stehen, in denen sich die syphilitischen Zuaven verschanzen. Diese wollen nämlich vermeiden, die Sklaven des Cellos und die Gatten der Farandolas zu treffen, die die Ozeane verwüsten, die Haie verstümmeln, die Panzer der Schildkröten stehlen und die Tauben aus ihrem Taubenschlag verjagen, um dort Perücken unterzubringen. Die Zuaven sind ehemalige Farnkräuter, welche die Laune des Schnürsenkels mit einer Pluderhose versehen hat, um sie von den Mandolinen und den Briefmarken zu unterscheiden. Sie gehen weg über brachliegende Ebenen, um für die Kindermädchen weiße Mäuse im Maul der Lachse zu fischen, die sich liebenswürdiger Weise zu diesem Unternehmen hergeben. Das befriedigt nämlich ihr Verlangen nach Parfüm. Der eine von ihnen, ein Zuave, der mehr von Syphilis befallen ist als die anderen, mit einem Schnurrbartblick, entfernt sich von seinen Gefährten. Er erforscht das Wesen des Bieres und die Tiefe der Meere während der Unwetter. Er geht einen Fluss entlang, der breit ist wie die Hand, die Papageienfedern umstülpt. Daraus schließt er, dass er Südamerika durchquert, und rechnet damit, dass er einige Meter weiter auf einen Sträfling stößt, der damit beschäftigt ist, die Schlangen im Urwald zu zählen. Allerdings stößt er auf keinen Sträfling, sondern auf eine Schranke aus Elephantenstoßzähnen. Er übersteigt sie und entfernt sich nun auf einem Teppich von Hefebrötchen. Dabei zweifelt er nicht mehr daran, dass dieser Teppich ihn zu einem Sofa führt, auf dem ein junges Mädchen es sich bequem macht, das hübsch ist wie das Feuer, einsam und nackt und nach nichts anderem verlangt, als mit einer Orchidee zu schlafen, die von der übrigen Welt isoliert ist und derart unwissend, dass sie nicht einmal die Farbe ihrer Blüten kennt. Aber die Orchidee liebt das junge Mädchen nicht. Sie denkt nur an die Syphilis, ihre Freundin. Der Zuave, ein Mann von einfachem Gemüt, dessen Leben nur ein langsames Kriechen um die Knöchel einer Muselmanin herum ist, antwortet ihr mit einem Gähnen, das ihn

se faire comprendre, elle entame les louanges de la vérole:

L'orchidée. – Zouave à la tête oblique, au crâne transparent comme la mer, toi qui naquis une nuit sur un lit de café gelé, toi dont la mère quitta tout exprès le cou d'une girafe pour te mettre au monde, tu ne connais pas la vérole, la vérole qui descend du singe. Sache donc qu'un jour une cartomancienne qui prenait un bain vit apparaître une paire de lunettes dans sa baignoire, au-dessus de ses pieds. Elle sursauta et les lunettes glissèrent à la surface de l'eau, parcourant la baignoire en tous sens. En même temps elle sentit ses seins la quitter et les vit aussitôt à la surface de l'eau, verts, délicieusement verts. L'inévitable se produisit: les lunettes rencontrèrent les seins qui, secoués d'une colère folle, bondirent hors de la baignoire.

O migraine! ô course folle! Les seins frappent un guerrier nègre qui garde l'appareil à douches si léger que la cartomancienne craignait qu'un souffle d'air la fît s'envoler. Et le guerrier dahoméen n'est plus qu'une addition immense des nombres de nombres de dix chiffres dont le total forme le mot: VÉROLE.

nicht befriedigt. Um sich verständlich zu machen, stimmt sie den Lobgesang auf die Syphilis an:

Die Orchidee – Zuave mit dem geneigten Kopf, mit dem Schädel, der durchsichtig ist wie das Meer, du, der du eines nachts auf einem Bett aus gefrorenem Kaffee geboren wurdest, du, dessen Mutter absichtlich den Hals einer Giraffe verließ, um dich auf die Welt zu bringen, du kennst die Syphilis nicht, die Syphilis, die vom Affen abstammt. So wisse denn, dass eines Tages die Kartenlegerin, die ein Bad nahm, in ihrer Badewanne über ihren Füßen eine Brille bemerkte. Sie sprang auf, und die Brille glitt auf die Oberfläche des Wassers und fuhr hin und her durch die Badewanne. Gleichzeitig spürte die Frau, wie ihre Brüste sich von ihr ablösten, und sah sie alsbald auf der Wasseroberfläche, grün, köstlich grün. Das Unvermeidliche geschah: die Brille stieß mit den Brüsten zusammen, die von einem närrischen Zorn geschüttelt aus der Badewanne hüpften.

Oh Migräne! oh verrückter Lauf! Die Brüste schlagen einen schwarzen Krieger, der den Duschkopf bewacht, der so leicht ist, dass die Kartenlegerin fürchtete, dass er bei einem Lufthauch wegfliegen würde. Und der Krieger aus Dahome ist nur noch eine unermessliche Addition aus Zahlen, die aus zehn Ziffern bestehen und deren Ganzes das Wort *Syphilis* bildet.

Antonin Artaud: Lettre à la voyante

Pour André Breton

Madame,
Vous habitez une chambre pauvre, mêlée à la vie. C'est en vain qu'on voudrait entendre le ciel murmurer dans vos vitres. Rien, ni votre aspect, ni l'air ne vous séparent de nous, mais on ne sait quelle puérilité plus profonde que l'expérience nous pousse à taillader sans fin et à éloigner votre figure, et jusqu'aux attaches de votre vie.

L'âme déchirée et salie vous savez que je n'assieds devant vous qu'une ombre, mais je n'ai pas peur de ce terrible savoir. Je vous sais à tous les neuds de moi-même et beaucoup plus proche de moi que ma mère. Et je suis comme nu devant vous. Nu, impudique et nu, droit et tel qu'une apparirion de moi-même, mais sans honte, car pour votre œil qui court vertigineusement dans mes fibres, le mal est vraiment sans péché.

Jamais je ne me suis trouvé si précis, si rejoint si assuré même au delà du scrupule, au delà de toute malignité qui me vint des autres ou de moi, et aussi si perspicace. Vous ajoutiez la pointe de feu, la pointe d'étoile au fil tramblant de mon hésitation. Ni jugé ni *me* jugeant, entier sans rien faire, intégral sans m'y efforcer; sauf la vie c'etait le bonheur. Et enfin plus de crainte que ma langue, ma grande langue trop grosse, ma langue minuscule ne fourche, j'avais à peine besoin de remuer ma pensée.

Cependant je pénétrai chez vous sans terreur, sans l'ombre de la plus ordinaire curiosité. Et cependant vous étiez la maîtresse et l'oracle, vous auriez pu m'apparaître comme l'âme même et le
36 Dieu de mon épouvantable destinée. Pouvoir voir et
37 me dire! Que rien de sale ou de secret ne soit noir,

Antonin Artaud: Brief an die Seherin

Für André Breton

Madame,
Sie bewohnen ein ärmliches Zimmer mitten im Strudel des Lebens. Vergeblich würde man trachten, das Murmeln des Himmels in Ihren Fensterscheiben zu vernehmen. Nichts, weder Ihr Anblick noch die Luft trennen Sie von uns, aber irgend etwas Kindisches, das tiefer verwurzelt ist als alle Erfahrung, treibt uns dazu, Ihr Gesicht unaufhörlich zu zerschneiden und wegzuschieben sogar für Sie lebensbedrohlich.

Sie wissen, dass ich mich mit zerrissener und beschmutzter Seele vor Ihnen, die Sie nur ein Schatten sind, niedersetze, aber ich habe keine Angst vor diesem schrecklichen Wissen. Ich weiß, dass Sie in allen Knotenpunkten meiner selbst stecken und mir viel näher als meine Mutter sind. Und ich stehe gleichsam nackt vor Ihnen. Nackt, schamlos und nackt, aufrecht und wie eine Erscheinung meiner selbst, aber ohne Scham, denn für Ihr Auge, das schwindelerregend durch alle meinen Fasern eilt, ist das Böse wahrhaft sündlos.

Nie habe ich mich als so präzise empfunden, als so einig mit mir, meiner so sicher – und zwar jenseits aller Skrupel, aller Arglist, die von den anderen oder aus mir selber kam – und auch als so klarsichtig. Sie fügten die Feuerspitze hinzu, die Sternspitze mit dem zitternden Faden meines Zögerns. Weder von anderen beurteilt noch selbst über *mich* urteilend, eigensinnig ohne irgend etwas zu tun, unversehrt ohne mich dazu zu zwingen; abgesehen davon, dass es das Leben war, war es das Glück. Und schließlich ohne Furcht, dass meine Zunge, meine große, zu dicke Zunge, meine winzige Zunge sich spaltet, brauchte ich kaum meine Gedanken zu wälzen.

Dennoch drang ich zu Ihnen ohne Schrecken vor, ohne den Schatten auch der normalsten Neugier. Und dennoch waren Sie Herrin und Orakel, Sie hätten mir wie die Seele und zugleich der Gott meines schrecklichen Schicksals erscheinen können! Sehen und mir sagen zu können! Dass nichts Schmutziges oder Geheimes dunkel sei, dass alles Verbor-

que tout l'enfoui se découvre, que le refoulé s'étale enfin à ce bel œil étale d'un juge absolument pur. De celui qui discerne et dispose mais qui ignore même qu'il vous puisse accabler.

La lumière parfaite et douce où l'on ne souffre plus de son âme, cependant infestée de mal. La lumière sans cruauté ni passion où ne se révèle plus qu'une seule atmosphère, l'atmosphère d'une pieuse et sereine, d'une précieuse fatalité. Oui, venant chez vous, Madame, je n'avais plus peur de ma mort.

Mort ou vie, je ne voyais plus qu'un grand espace placide où se dissolvaient les ténèbres de mon destin. J'étais vraiment sauf, affranchi de toute misère, car même ma misère à venir m'était douce, si *par impossible* j'avais de la misère à redouter dans mon avenir.

Ma destinée ne m'etait plus cette route couverte et qui ne peut plus guère recéler que le mal. J'avais vécu dans son appréhension éternelle, et *à distance,* je la sentais toute proche, et depuis toujours blottie en moi. Aucun remous violent ne bouleversait à l'avance mes fibres, j'avais déjà été trop atteint et bouleversé par le malheur. Mes fibres, n'enregistraient plus qu'un immense bloc uniforme el doux. Et peu m'importait que s'ouvrissent devant moi les plus terribles portes, le terrible élait déjà derrière moi. Et même mal, mon avenir prochain ne me touchait que comme une harmonieuse discorde, une suite de cimes retournées et rentrées émoussées en moi. Vous ne pouviez m'annoncer, Madame, que l'aplanissement de ma vie.

Mais ce qui par dessus tout me rassurait, ce n'était pas cette certitude profonde, attachée à ma chair, mais bien le sentiment de l'uniformité de
38 toutes choses. Un magnifique absolu. J'avais sans
39 doute appris à me rapprocher de la mort, et c'est

gene aufgedeckt werde, dass das Verdrängte sich schließlich vor dem schönen starren Auge eines völlig reinen Richters ausbreite. Vor dessen Auge, der unterscheidet und verfügt, aber der nicht einmal weiß, dass er Sie niederdrücken kann.

Das vollkommene und sanfte Licht, bei dem man nicht mehr an seiner Seele leidet, ist dennoch vom Bösen heimgesucht. Das Licht, das weder Grausamkeit noch Leidenschaft zeigt, in dem sich nur noch eine einzige Atmosphäre offenbart, die Atmosphäre eines frommen und heiteren, eines wertvollen Verhängnisses. Ja, von Ihnen kommend, Madame, hatte ich keine Angst mehr vor meinem Tod. Handle es sich um Tod oder Leben, ich sah nur noch einen großen stillen Raum, in dem sich die Schatten meines Schicksals auflösten. Ich war wirklich unversehrt, befreit von jedem Elend, denn selbst mein künftiges Elend war mir süß, wenn ich denn *durch ein unmögliches Ereignis* in meiner Zukunft Elend zu befürchten hatte.

Mein Schicksal war für mich nicht mehr der verdeckte Weg, der kaum etwas anderes verbergen kann als das Böse. Ich hatte in ewiger düsterer Ahnung vor ihm gelebt, und auch *wenn es fern* war, fühlte ich es ganz nah, und seit langem in mir kauernd. Kein heftiger Wirbel erschütterte von vornherein meine Fasern, ich war schon zu sehr vom Unglück betroffen und erschüttert. Meine Fasern registrierten nur einen ungeheuren einheitlichen und sanften Block. Es bedeutete mir wenig, dass sich vor mir die schrecklichsten Tore öffneten, das Schreckliche lag schon hinter mir. Und selbst wenn sie schlecht war, berührte mich meine nahe Zukunft nur wie ein harmonischer Missklang, eine Folge von umgedrehten Gipfeln, die abgestumpft in mich eingedrungen waren. Sie konnten mir, Madame, nur die Verflachung meines Lebens ankündigen.

Aber das, was mich vor allem beruhigte, war nicht diese tiefe Sicherheit, die mit meinem Fleisch verbunden war, sondern das Gefühl der Gleichförmigkeit aller Dinge. Das war etwas absolut Wunderbares. Ich hatte zweifellos gelernt, mich dem Tod zu nähern, und deshalb erschienen mir

pourquoi toutes choses, même les plus cruelles, ne m'apparaissaient plus que sous leur aspect d'équilibre, dans une parfaite indifférence de sens.

Mais il y avait encore autre chose. C'est que ce sens, indifférent quant à ses effets immédiats sur ma personne, était tout de même coloré en quelque chose de bien. Je venais à vous avec un optimisme intégral. Un optimisme qui n'était pas une pente d'esprit, mais qui venait de cette connaissance profonde de l'equilibre où toute ma vie était baignée. Ma vie à venir équilibrée par mon passé terrible, et qui s'introduisait sans cahot dans la mort. Je *savais* à l'avance ma mort comme l'achèvement d'une vie enfin plane, et plus douce que mes souvenirs les meilleurs. Et la réalité grossissait à vue d'œil, s'amplifiait jusqu'à cette souveraine connaissance où la valeur de la vie présente se démonte sous les coups de l'éternité. Il ne se pouvait plus que l'éternité ne me vengeât de ce sacrifice acharné de moi-même, et auquel, moi, je ne participais pas. Et mon avenir immédiat, mon avenir à partir de cette minute où je pénétrais pour la première fois dans votre cercle, cet avenir appartenait aussi à la mort. Et vous, votre aspect me fut des le premier instant favorable.

L'émotion de savoir était dominée par le sentiment de la mansuétude infinie de l'existence*. Rien de mauvais pour moi ne pouvait tomber de cet œil bleu et fixe par lequel vous inspectiez mon destin.

Toute la vie me devenait ce bienheureux paysage où les rêves qui tournent se présentent à nous avec la face de notre moi. L'idée de la connaissance absolue se confondait avec l'idée de la similitude absolue de la vie et de ma conscience. Et je tirais de cette double similitude le sentiment d'une naissance toute proche, où vous étiez la mère indulgente et bonne, quoique divergente de mon destin. Rien ne
40 m'apparaissait plus mystérieux, dans le fait de cette
41 voyance anormale, où les gestes de mon existence

alle Dinge, selbst die grausamsten, nur noch von ihrer ausgewogenen Seite, in einer vollkommenen Gleichgültigkeit der Sinne.

Aber es war da noch etwas anderes, nämlich dass dieser Sinn, dessen unmittelbare Wirkungen auf meine Person keine Rolle spielten, dennoch irgenwie eine gute Nuance offenbarte. Ich kam mit einem unversehrten Optimismus zu Ihnen. Einem Optimismus, der nicht auf einer geistigen Neigung beruhte, sondern der aus dieser tiefen Kenntnis des Gleichgewichtes kam, in das mein ganzes Leben getaucht war. Mein künftiges Leben, ausgewogen durch meine schreckliche Vergangenheit, mündete ohne Wechselfälle in den Tod. Ich *wusste* von vornherein, dass mein Tod wie die Vollendung eines endlich ausgeglichenen Lebens sein würde, und sanfter als meine besten Erinnerungen. Und die Wirklichkeit schwoll zusehends auf, erweiterte sich bis zu dieser erhabenen Kenntnis, in der der Wert des gegenwärtigen Lebens sich unter den Schlägen der Ewigkeit zersetzt. Es war nicht mehr möglich, dass die Ewigkeit mich für das erbitterte Opfer meiner selbst, an dem ich selbst nicht teilhatte, rächte. Und meine unmittelbare Zukunft, meine Zukunft von dieser Minute an, in der ich zum ersten Mal in Ihren Kreis eintrat, diese Zukunft gehörte auch dem Tod. Und Sie, Ihr Anblick war für mich vom ersten Augenblick an günstig.

Die Erregung des Wissens wurde vom Gefühl der unendlichen Milde der Existenz beherrscht*. Aus diesem blauen, starren Auge, mit dem Sie mein Schicksal betrachteten, konnte nichts Schlechtes für mich kommen.

Das ganze Leben wurde für mich zu dieser glücklichen Landschaft, in der die sich drehenden Träume sich uns mit dem Gesicht unseres Ich darstellen. Die Vorstellung der absoluten Kenntnis vermischte sich mit der Vorstellung der absoluten Gleichartigkeit des Lebens und meines Bewusstseins. Und ich bezog aus dieser doppelten Gleichartigkeit das Gefühl einer ganz nahen Geburt, bei der sie die nachsichtige und gute, obwohl nicht mit meinem Schicksal übereinstimmende Mutter waren. Nichts erschien mir geheimnisvoller in der Tatsache dieser anormalen Schau, bei der die Gesten

passée et future se peignaient à vous avec leurs sens gros d'avertissements et de rapports. Je sentais mon esprit entré en communication avec le vôtre quant à la *figure* de ces avertissements.

Mais vous, enfin, Madame, qu'est-ce donc que cette vermine de feu qui se glisse tout à coup en vous, et par l'artifice de quelle inimaginable atmosphère? car enfin vous *voyez,* et cependant le même espace étalé nous entoure.

L'horrible, Madame, est dans l'immobilité de ces murs, de ces choses, dans la familiarité des meubles qui vous entourent, des accessoires de votre divination, dans l'indifférence tranquille de la vie à laquelle vous participez comme moi.

Et vos vêtements, Madame, ces vêtements qui touchent *une personne qui voit.* Votre chair, toutes vos fonctions enfin, je ne puis pas me faire à cette idée que vous soyiez soumise aux conditions de l'Espace, du Temps, que les nécessités corporelles vous pèsent. Vous devez être beaucoup trop légère pour l'espace.

Et d'autre part vous m'apparaissiez si jolie, et d'une grâce tellement humaine, tellement de tous les jours. Jolie comme n'importe laquelle de ces femmes dont j'attends le pain et le spasme, et qu'elles me haussent vers un seuil corporel.

Aux yeux de mon esprit, vous êtes sans limites et sans bords, absolument, profondément incompréhensible. Car comment vous accommodez-vous de la vie, vous qui avez le don de la vue toute proche? Et cette longue route tout unie où votre âme comme un balancier se promène, et où moi, je lirais si bien l'avenir de ma mort. Oui, il y a encore des hommes qui connaissent la distance d'un sentiment à un autre, qui savent créer des étages et des haltes à leurs désirs, qui savent s'éloigner de leurs désirs et de leur âme, pour y rentrer ensuite faussement en vainqueurs. Et il y a ces penseurs qui encerclent

meiner vergangenen und künftigen Existenz sich Ihnen mit ihrem Reichtum an Warnungen und Bezügen abzeichneten. Ich fühlte, dass mein Geist in Verbindung zu dem Ihren getreten war, was die *Gestalt* dieser Hinweise betrifft.

Aber was Sie, Madame, schließlich angeht, was ist das für ein Ungeziefer aus Feuer, das plötzlich in Sie kriecht, und durch den Kunstgriff welcher unvorstellbaren Atmosphäre? Denn schließlich *sehen* Sie, und dennoch umgibt uns derselbe entfaltete Raum.

Das Schreckliche, Madame, liegt in der Unbeweglichkeit dieser Wände, dieser Dinge, in der Vertrautheit der Sie umgebenden Möbel, des Zubehörs Ihres Sehertums, in der ruhigen Gleichgültigkeit des Lebens, an dem Sie wie ich teilhaben.

Und Ihre Kleider, Madame, diese Kleider, die *einen Menschen* berühren, *der sieht*. Was schließlich Ihr Fleisch, alle Ihre Funktionen betrifft, so kann ich mich nicht damit abfinden, dass Sie den Bedingungen des Raumes, der Zeit unterworfen sein sollen, dass die körperlichen Gegebenheiten auf Ihnen lasten. Sie müssen viel zu leicht sein für den Raum.

Und andererseits erscheinen Sie mir so hübsch, von einer so menschlichen Grazie, so alltäglich. Hübsch wie jede Beliebige dieser Frauen, deren Brot und Zuckungen ich erwarte, sowie dass sie mich zu der Schwelle heben, wo ich mich als Körper fühle.

In den Augen meines Geistes sind Sie grenzenlos und randlos, absolut, zutiefst unverständlich. Denn wie kommen Sie mit dem Leben zurecht, Sie, die Sie die Gabe haben, die unmittelbar bevorstehende Zukunft zu sehen? Und dieser lange, ganz einheitliche Weg, auf dem Ihre Seele wie ein Pendel spazierengeht, und auf dem ich so deutlich meinen zukünftigen Tod lesen würde. Ja, es gibt noch Menschen, die den Abstand zwischen den Gefühlen kennen, die es verstehen, für ihre Begierden Abstufungen und Haltepunkte zu schaffen, die es verstehen, sich von ihren Begierden und ihrer Seele zu entfernen, um anschließend fälschlicherweise als Sieger dorthin zurückzukehren. Und es gibt die Denker,

péniblement leurs pensées, qui introduisent des faux-semblants dans leurs rêves, ces savants qui déterrent des lois avec de sinistres pirouettes!

Mais vous, honnie, méprisée, planante, vous mettez le feu à la vie. Et voici que la roue du Temps d'un seul coup s'enflamme à force de faire grincer les cieux.

Vous me prenez tout petit, balayé, rejeté, et tout aussi désespéré que vous-même, et vous me haussez, vous me retirez de ce lieu, de cet espace faux où vous ne daignez même plus faire le geste de vivre, puisque déjà vous avez atteint la membrane de votre repos. Et cet œil, ce regard sur moi-même, cet unique regard désolé qui est toute mon existence, vous le magnifiez et le faites se retourner sur lui-même, et voici qu'un bourgeonnement lumineux fait de délices sans ombres, me ravive comme un vin mysterieux.

* Je n'y peux rien. J'avais ce sentiment devant Elle. La vie était bonne parce que cette voyante était là. La présence de cette femme m'était comme un opium, plus pur, plus léger, quoique moins *solide* que l'autre. Mais beaucoup plus profond, plus vaste et ouvrant d'autres arches dans les cellules de mon esprit. Cet état actif d'échanges spirituels, cette conflagration de mondes immédiats et minuscules, cette imminence de vies infinies dont cette femme m'ouvrait la perspective, m'indiquaient enfin une issue à la vie, et une raison d'être au monde. Car on ne peut accepter la Vie qu'à condition d'être *grand,* de se sentir à l'origine des phénomènes, tout au moins d'un certain nombre d'entre eux. Sans puissance d'expansion, sans une certaine domination sur les choses, la vie est indéfendable. Une seule chose est exaltante au monde: le contact avec les puissances de l'esprit. Cependant devant cette voyante un phénomène assez paradoxal se produit. Je n'éprouve plus le besoin d'être puissant, ni vaste, la séduction qu'elle exerce sur moi est plus violente que mon orgueil, une certaine curiosité momentanément me suffit. Je suis prêt à tout abdiquer devant elle: orgueil, volonté, intelligence. Intelligence surtout. Cette intelligence qui est toute ma fierté. Je ne parle pas
44 bien entendu d'une certaine agilité logique de l'esprit, du pouvoir
45 de penser vite et de créer de rapides schémas sur les marges de la

die peinlich genau ihre Gedanken einkreisen, die Trugbilder in ihre Träume einschleusen, diese Gelehrten, die mit finsteren Pirouetten Gesetze ausgraben!

Aber Sie, geschmäht, verachtet, schwebend, Sie legen Feuer an das Leben. Und da gerät mit einem Mal das Rad der Zeit in Flammen, dadurch, dass es die Himmel knirschen lässt.

Sie ergreifen mich ganz klein, weggefegt, verworfen und ebenso verzweifelt wie Sie selbst, und Sie erheben mich, Sie entfernen mich von diesem Ort, von diesem falschen Raum, in dem Sie nicht einmal geruhen, so zu tun als ob Sie lebten, da Sie schon die Membran Ihrer Ruhe erreicht haben. Und Sie verherrlichen dieses Auge, diesen Blick auf mich selbst, diesen einzigen verzweifelten Blick, der meine ganze Existenz ausmacht, und lassen ihn zu sich selbst zurückkehren, und siehe da: ein lichtvolles Knospen bewirkt schattenlose Wonnen und belebt mich wie einen geheimnisvollen Wein.

* Ich kann nichts dafür. Ich hatte dieses Gefühl angesichts ihrer Person. Das Leben war gut, weil diese Seherin existierte. Die Gegenwart dieser Frau war für mich wie Opium, reiner, leichter, obwohl weniger *fest* als das gewöhnliche. Aber viel tiefer, viel weiter und in den Zellen meines Geistes neue Hohlräume eröffnend. Der aktive Zustand geistigen Austauschs, der allgemeine Brand von unmittelbaren und winzigen Welten, das Bevorstehen unendlicher Leben, deren Perspektive diese Frau mir eröffnete, zeigten mir schließlich einen Ausweg für das Leben an, und eine Daseinsberechtigung. Denn man kann das Leben nicht bejahen außer unter der Bedingung, dass man *groß* ist, dass man fühlt, dass man sich am Ursprung der Phänomene befindet, zumindest einer gewissen Anzahl unter ihnen. Ohne eine Fähigkeit zur Ausdehung, ohne eine gewisse Herrschaft über die Dinge ist das Leben nicht zu verteidigen. Eine einzige Sache existiert auf der Welt: der Kontakt mit den Mächten des Geistes. Dennoch ereignet sich angesichts dieser Seherin ein ziemlich paradoxes Phänomen. Ich empfinde nicht mehr das Bedürfnis, mächtig zu sein, noch umfassend, die Verführungskraft, die sie auf mich ausübt, ist heftiger als mein Hochmut, eine gewisse Neugier genügt mir augenblicklich. Ich bin bereit, angesichts ihrer Person allem zu entsagen: Hochmut, Willen, Intelligenz. Intelligenz vor allem. Diese Intelligenz, die mein ganzer Stolz ist. Ich spreche wohlgemerkt nicht von einer gewissen logischen Beweglichkeit des Geistes, der Macht, schnell zu denken und an den Rändern des Gedächtnisses rasche Schemata zu schaffen. Ich spreche von einem

mémoire. Je parle d'une pénétration souterraine du monde et des choses, pénétration souvent à longue échéance, qui n'a pas besoin de se matérialiser pour se satisfaire et qui indique des vues profondes de l'esprit. C'est sur la foi de cette pénétration au pied-bot et le plus souvent sans matière, et que moi-même je ne possède pas, que j'ai toujours demandé que l'on me fasse crédit, dût-on me faire crédit cent ans et se contenter le reste du temps de silence. Je sais dans quelles limbes retrouver cette femme. Je creuse un problème qui me rapproche de l'or, de toute matière subtile, un problème abstrait comme la douleur qui n'a pas de forme et qui tremble et se volatilise au contact des os.

unterirdischen Durchdringen der Welt und der Dinge, oft einem Durchdringen auf lange Sicht, das sich nicht materialisieren muss, um sich zu befriedigen und das tiefe Einsichten des Geistes bezeichnet. Im Vertrauen auf diese Durchdringung hin bis zum Klumpfuß und meist einem Immateriellen, den ich selbst nicht besitze, habe ich immer verlangt, dass man mir vertraue, auch wenn man mir hundert Jahre vertrauen und sich die übrige Zeit mit Schweigen begnügen müsste. Ich weiß, in welchen Vorhöfen des Paradieses ich diese Frau wiederfinden kann. Ich vertiefe ein Problem, das mich dem Gold nähert, jeder subtilen Materie, ein Problem, das abstrakt ist wie der Schmerz, der keine Form hat und zittert und sich bei der Berührung mit den Knochen verflüchtigt.

Le confortable dont la recherche apparaît fort légitime tant qu'il s'agit de l'installation d'un calorifère, d'une salle de bains, d'un W.-C., on conçoit mal que puisse en avoir cure qui prétend se vouer à l'esprit. Et cependant des mots tels que Dieu, Amour, une boutade positiviste, des sourires épinglés, tous les artifices et précautions oratoires dont s'entourent ceux qui veulent être du débat et ne rien risquer, sont offerts comme autant de fromages à la fièvre grignotante des rats de laboratoire, de salon et de sacristie.

Mais, à la vérité, elles ne manquent pas d'une lourde inquiétude les pirouettes de l'ours Bons Sens, et, déja, la peur s'empare des plus prudents qui, avant l'inexorable *«Rien ne va plus»* se hâtent de faire leurs jeux, tant et si bien qu'ils misent tout de traviole. D'où la terreur de cet honnête homme classique, accoutumé depuis des siècles à pratiquer la politesse selon La Bruyère et à chercher des voluptés (*délicates?*) dans les bibliothèques, les musées, les villes en ruines.

Or aujourd'hui, parce que des descriptions bien balancées, un effet de soleil sur trois vieilles colonnes et tous les procédés de l'art ne suffisent plus à légitimer les tartuferies d'une soi-disant civilisation, qui veut se divertir et en même temps prendre bonne opinion de soi, trouve difficilement de nouveaux prétextes à des joies amphibies. Sans doute après avoir promis une pâleur de chromo romantique, des sourires mauves, une anémie rageuse et des masturbations derrière les piliers de cathédrale, un Octave Feuilliet petit pied (à la tienne, Etienne), avait-il eu l'amabilité de constater

René Crevel: Das Glück des Jahrhunderts

Was die Bequemlichkeit angeht, nach der jederman zu streben offensichtlich voll berechtigt ist, soweit es sich um die Installation einer Heizung, eines Badezimmers, eines W.-Cs. handelt, so begreift man doch nur mit Mühe, wie sich jemand darum scheren kann, der den Anspruch erhebt, sich geistigen Dingen zu widmen. Und dennoch werden Worte wie Gott, Liebe, ein positivistischer Scherz, ertapptes Lächeln, alle rednerischen Kunstgriffe und Vorsichtsmaßnahmen, mit denen sich diejenigen umgeben, die im Gespräch bleiben und nichts riskieren wollen, wie ebensoviele Käselaiber der Knabberwut der Ratten aus den Laboratorien, den Salons und den Sakristeien dargeboten. Aber in Wahrheit sind die Pirouetten des Bären Gesunder Menschenverstand von schwerer Unruhe gekennzeichnet, und da bemächtigt sich die Angst bereits der Vorsichtigsten, die angesichts des unerbittlichen «*Nichts geht mehr*» weiterhin derart hastig ihre Spiele betreiben, dass sie alle Trümpfe verkehrt einsetzen. Darauf beruht auch der Schrecken des ehrlichen Mannes im klassischen Sinn, der seit Jahrhunderten daran gewöhnt ist, nach den Vorschriften des Moralisten La Bruyère Höflichkeit zu üben und subtile Wollust in den Bibliotheken, den Museen, den in Trümmern daliegenden Städten zu suchen.

Nun heute, wo sorgfältig ausgewogene Beschreibungen, der Effekt des Sonnenlichtes auf drei alten Säulen und alle Verfahrensweisen der Kunst nicht mehr genügen, um die Heucheleien einer sogenannten Zivilisation zu rechtfertigen, die sich amüsieren und gleichzeitig eine gute Meinung von sich gewinnen will, findet diese nur schwer neue Vorwände für amphibienhafte Wonnen. Nachdem er die Blässe eines romantischen Schinkens, malvenfarbenes Lächeln, verheerende Bleichsucht und Masturbationen hinter den Pfeilern der Kathedrale versprochen hatte, hatte ein Octave Feuillet Kleinfuß (auf Deine Gesundheit, Sebastian) die Liebenswürdigkeit, das Vorhandensein eines neuen Leidens am Jahrhun-

l'existence d'un nouveau mal du siècle. Mais le mal du siècle, pilule bien dorée, mieux lancé qu'un produit pharmaceutique, offert, gros ou détail aux courriéristes littéraires des quotidiens, aux critiques distingués des revues, son inventeur, en dépit de ses incantations, de ses cris, une main sur le cœur à *Dieu, éternel tourment des hommes*, n'a tout de même pas été capable de nous dire de quoi s'autorisait sa pharmacopée non plus que de quel critérium il partait, pour accuser un mal dans la révolte des esprits qui ne croient pas et n'acceptent pas de faire semblant de croire que tout soit pour le mieux dans le meilleur des mondes. Il faut avoir un singulier amour du paradoxe et une outrecuidance capable de plus sinistres calembredaines pour parler de faiblesse dès qu'une pensée ne permet plus qu'on l'asservisse ets'oppose à la quasi universelle lâcheté.

Feindre de voir un malaise dans la colère d'un esprit qui brise les entraves quotidiennes et sociales, ce serait, par déduction, s'engager à déclarer des hommes tels que Rousseau, Luther, moralement et intellectuellement inférieurs aux cuistres pudibonds, aux critiques peureux auxquels ils ont accoutumé de donner la jaunisse.

Mais, tandis que des momies inoffensives se dessèchent dans les bandelettes du droit canon, se nourrissent du pain d'épices des musées ou de quelque vieille couenne conventionnelle; d'autres qui pourtant ont la fierté de leur jeunesse, avec des airs entendus dans la crainte d'être dupes du relatif, ne font qu'aider au triomphe du médiocre. D'ailleurs, sans doute ne parviennent-ils point à se convaincre eux-mêmes puisqu'ils blâment l'esprit de Révolution dans ce siècle, ils louent comme les meilleures d'aujourd'hui les œuvres où cet esprit se
50 trouve le plus parfaitement exprimé.

51 La grandeur de l'esprit s'arc-boutant pour briser

dert festzustellen. Aber während das Leiden am Jahrhundert, eine dick vergoldetete Pille, sich besser verkauft als ein pharmazeutisches Produkt, das en gros oder en detail den Literaturchronisten der Tageszeitungen, den vornehmen Kritikern der Zeitschriften angeboten wird, war sein Erfinder trotz seiner Beschwörungen, seiner Anrufungen an Gott, diese ewige Geißel der Menschen, die er mit einer Hand auf dem Herzen von sich gab, dennoch nicht fähig gewesen, uns zu sagen, worauf sich sein Arzneibuch berief, noch welche Kriterien er anwendete, um ein Versagen in der Revolte der Geister anzuklagen, die ungläubig sind und es auch nicht akzeptieren so zu tun, als ob sie überzeugt sind, dass alles zum besten bestellt ist in dieser besten aller Welten. Man muss eine eigenartige Vorliebe für das Paradox und einen Dünkel besitzen, der fähig ist, das finsterste dumme Gerede von sich zu geben, um von Schwäche zu sprechen, sobald ein Gedanke es nicht mehr gestattet, dass man ihn sich gefügig macht und sich der geradezu universellen Feigheit wiedersetzt.

Zu behaupten, dass man Unbehagen im Zorn eines Geistes erkennt, der die alltäglichen sozialen Fesseln sprengt, hieße, dass man sich in logischer Konsequenz dazu verdingt, zu behaupten, Männer wie Rousseau, Luther seien den verschämten Pedanten, den feigen Kritikern, denen sie gewöhnlich die Gelbsucht übermitteln, als moralisch und intellektuell unterlegen zu erklären.

Aber während die harmlosen Mumien in den Priesterschärpen des kanonischen Rechts vertrocknen, sich vom Gewürzbrot der Museen oder einer konventionellen Schwarte ernährend, bewirken andere, die dennoch den Glanz ihrer Jugend für sich haben und so aussehen, als ob sie erfahren seien in der Furcht, vom Relativen getäuscht zu werden, nichts anderes, als dass sie den Mittelmäßigen zum Triumph verhelfen. Übrigens gelingt es ihnen ohne Zweifel keineswegs, sich selbst Gewissheit zu verschaffen, da sie den Geist der Revolution in diesem Jahrhundert tadeln, und gleichzeitig die Werke, in denen dieser Geist am vollkommensten zum Ausdruck kommt, als die besten von heute loben.

Die Größe des Geistes, der revoltiert, um seine Ketten zu

ses chaînes les surprend, les effraie et trop profondément touchés par cette grandeur qu'ils voudraient nier, continuant ce sabotage des valeurs qui a fait nommer *mal du siècle* ce qui tout au contraire est le seul *bien du siècle*, ils essaient de voir l'origine de cette ascension, de cette soif d'absolu, dans des détails honteux. Ainsi avons-nous pu lire dans une Revue que le *service militaire, la vérole, le manque d'argent* étaient les trois causes du phénomène spirituel contemporain. Dès lors je me demande comment l'auteur de cette boutade (au reste, le seul qui ait dû s'y laisser prendre) peut faire pour daigner encore parler ou écrire pour une espèce qu'il juge si grossièrement terrestre qu'elle ne saurait selon lui avoir d'inquiétudes que dans les courants d'air d'un corps de garde, les taudis et les chancres? A noter d'ailleurs que cette plaisanterie de collège est au fond un jeu verbal, du même ordre que l'invocation déjà citée à *Dieu éternel tourment des hommes*, dont on a tenté de nous faire une scie rappelant un peu des phrases comme: *As-tu vu Lambert*; ou *Ils ont du poil aux pattes les Zomards.* Il est décidement trop facile de se payer de mots. On met Dieu à la mode, mais qu'est-ce que Dieu? Quand Drieu La Rochelle interwievé déclare: «*Dieu veut dire ce réalisme, cet optimisme, sorti du pessimisme*» j'ai tout juste envie de répondre que pour qui se soucie de l'esprit, les notions de bonheur ou de malheur, donc de pessimisme ou d'optimisme sont quantités négligeables. Sans doute les quatre lettres de Dieu sont-elles encore lourdes de tout ce dont on a voulu les charger au cours des siècles, pour qu'elles puissent projeter une ombre douce sur le sommeil de ceux qui en ont assez de se tracasser et tout de même conservent la manie métaphysique aussi fran aise que le gigot aux haricots. Mais quand le même Drieu La Rochelle entend épiloguer sur l'*Erreur des surréalistes* et constate «*on vivote*»

zerbrechen, überrascht, erschreckt sie, und da sie allzu sehr berührt sind durch dessen Größe, die sie gerne ableugnen würden, weiterhin die Werte sabotierend, die das, was ganz im Gegenteil das einzige *Glück des Jahrhunderts* ist, zum *Leiden am Jahrhundert* erklärt, versuchen sie den Ursprung dieses Aufstiegs, dieses Durstes nach dem Absoluten in peinlichen Details zu erkennen. So konnten wir kürzlich in einer Zeitschrift lesen, dass der *Militärdienst,* die *Syphilis,* der *Mangel an Geld* die drei Ursachen für das zeitgenössische geistige Phänomen seien. Da frage ich mich nun, wie der Autor dieses Witzes (übrigens der einzige, der ihm auf den Leim gegangen ist), es schafft, sich noch herabzulassen, für eine Gattung zu sprechen oder zu schreiben, die er als auf so plumpe Weise irdisch beurteilt, dass sie nach seiner Ansicht keine andere Sorge kennen könnte als die Zugluft einer Wachstube, die Elendsquartiere und den Schanker? Übrigens ist festzuhalten, dass dieser Schülerscherz im Grund ein Wortspiel von derselben Art ist wie die schon zitierte Anrufung an Gott, diese ewige *Geißel der Menschen,* aus der man für uns eine Schnulze zu machen versucht hat, die ein wenig an Sätze erinnert wie: *Hast Du den Papst gesehen;* oder *Das sind doch Faulenzer diese Kleinschmids.* Ganz entschieden ist es zu einfach, sich mit ein paar Wörtern schadlos zu halten. Gott kommt in Mode, aber was ist Gott? Wenn Drieu La Rochelle bei einem Interview erklärt: «*Gott bedeutet den Realismus, den Optimismus, der aus dem Pessimismus hervorgeht*», so habe ich nachgerade Lust zu antworten, dass für den, dem der Geist wichtig ist, Begriffe wie Glück oder Unglück, also Pessismus oder Optimismus, zu vernachlässigende Größen sind. Zweifellos sind die vier Buchstaben Gott noch belastet von all dem, was man ihnen im Verlauf der Jahrhunderte hat aufladen wollen, damit sie einen sanften Schatten auf den Schlaf derer werfen können, die es leid sind, sich zu plagen und dennoch die metaphysische Manie bewahren, die so französisch ist wie Hammelkeule mit Bohnen. Aber wenn derselbe Drieu La Rochelle dennoch fähig ist, über den *Irrtum der Surrealisten* zu nörgeln und feststellt «*man fristet sein Leben*», um nach die-

pour vanter, après cette jolie découverte, l'Amour et Dieu, je me rappelle une chanson de Morin où l'attirail religieux, qui prend aussi un sens réaliste et optimiste, paraît d'une signification plus haute, plus respectable, qu'on en juge d'après les quatre vers de ce couplet:

Je r'garde entre ses jambes
J'y vois le paradis
Je r'garde entre mes jambes
Et j'y vois Jésus-Christ.

Mais, pour en revenir à nos moutons, c'est-à-dire à nos critiques rationalisto-réalisto-positivisto-néo-mystiques, si en dépit de leurs efforts vers la pertinence ils ne décolent pas de cette terre où vivent d'ailleurs bien gras, bien luisants des *vers amoureux des étoiles,* c'est que trop sensibles encore à certain esthétisme, dupes de quelques images et syllabes bien ronflantes, ils se paralysent sous des cuirasses de sens commun et d'une contresuite imposée à ce brouillard, leur pensée, croient prendre la notion précise de soi.

Ainsi, en est-il d'ailleurs depuis le trop fameux *cogito ergo sum.* Mais que ce soit à Descartes que nous devions d'assister à la revendication d'une propriété intellectuelle dont les droits ne sont pas plus justement fondés que ceux des possessions matérielles individuelles, en dépit du respect communément voué la fameuse phrase *je pense donc je suis,* comment ne pas condamner un individualisme qui méconnaît les phénomènes d'un échange impondérable mais réel, les richesses de nos domaines indivis en même temps que cette évidence communiste de l'esprit, une évidence que nul ne peut nier après certaines rencontres, et aussi les transmissions inexpliquées et *inexplicables* si chaque homme se bouche en soi-même, comme une vieille putain croulante dans

ser reizenden Entdeckung die Liebe und Gott zu rühmen, erinnere ich mich an ein Lied von Morin, worin der religiöse Kram, der auch einen realistischen und optimistischen Sinn beinhaltet, eine höhere, respektablere Bedeutung anzunehmen scheint, als man nach den vier Versen des Couplets meinen könnte:

Ich schaue zwischen ihre Beine
Ich sehe dort das Paradies
Ich schaue zwischen meine Beine
Und ich sehe dort Jesus-Christ.

Aber, um auf unser Thema zurückzukommen, d. h. zu unseren rationalistisch-realistisch-positivistisch-neomystischen Kritikern, wenn sie trotz ihrer Anstrengungen, treffend zu sein, nicht von dieser Erde abheben, auf der übrigens fett und glänzend *in die Sterne verliebte Würmer* leben, dann deswegen, weil sie noch einem bestimmten Ästhetizismus gegenüber zu empfänglich, wie sie sind, sich von einigen ziemlich großsprecherischen Bildern und Silben täuschen lassen und sich unter den Panzern des gesunden Menschenverstandes sowie des jenem Nebel, nämlich ihrem Gedanken auferlegten Widerspruchs, selbst lähmen und glauben, dass sie einen genauen Begriff von sich selbst gewinnen. So ist es übrigens seit dem allzu berühmten *cogito ergo sum.* Aber auch, wenn wir es Descartes verdanken, dass wir eigentlich der Forderung nach einem intellektuellen Eigentum beiwohnen müssten, dessen Rechte nicht begründeter sind als die der individuellen materiellen Besitztümer, und das trotz der Achtung, die man gemeinhin dem berühmten Satz *ich denke, also bin ich* entgegenbringt, so frage ich, wie man nicht einen Individualismus verurteilen soll, der die Phänomene eines unwägbaren aber realen Austauschs verkennt, die Reichtümer unserer ungeteilten Domänen wie auch gleichzeitig die kommunistische Handgreiflichkeit des Geistes, eine Handgreiflichkeit, die nach gewissen Begegnungen niemand mehr leugnen kann, auch die unerklärten und *unerklärlichen* Übertragungen nicht, wenn sich jeder Mensch in sich selbst verschließt wie eine alte Hure, die in ihrem Korsett nur noch

son corset. A noter d'ailleurs que cet individualisme ne voit la liberté, le progrès que comme un égoïsme dont l'unité se gonfle. Ainsi avons-nous eu l'autre famille, l'autre patrie, l'autre religion. Mais finalement, comme ils manquent de véritable confiance en soi, tous ceux qui faisant semblant de se soumettre aux objets, au monde extérieur qu'ils disent objectif, en réalité construisent pour leur personne, dont ils ont un goût mesquin encore qu'exclusif, des prisons. Le mal du siècle n'est que dans l'ennui résigné et verbal de ceux qui renoncent et se vantent de renoncer par bon sens, ou esprit religieux. Le bien du siècle est dans ce principe même de révolution à quoi aboutissent les hommes dociles à l'esprit.

eine Ruine ist. Es ist übrigens festzuhalten, dass dieser Individualismus Freiheit, Fortschritt nur als Egoismus ansieht, dessen Einheit sich aufbläht. So haben wir schon die andere Familie, das andere Vaterland, die andere Religion gehabt. Aber da es ihnen schließlich an wahrhaftem Selbstvertrauen gebricht, errichten all die, die so tun, als ob sie sich den Dingen, der Außenwelt, die sie als objektiv bezeichnen, unterwerfen, in Wirklichkeit für ihre Person, für die sie eine jämmerliche, wenn auch ausschließliche Vorliebe hegen, Gefängnisse. Das Leiden am Jahrhundert liegt nur in der resignierten und verbalen Langeweile derer, die verzichten und sich rühmen, aus gesundem Menschenverstand oder religiösem Geist heraus zu verzichten. Das Glück des Jahrhunderts liegt im Prinzip der Revolution selbst, zu dem die Menschen, die dem Geist gehorchen, gelangen.

Robert Desnos: Texte surréaliste

L'étoile du Nord à l'etoile du Sud envoie ce télégramme: «décapite à l'instant ta comète rouge et ta comète violette qui te trahissent. – L'étoile du Nord.» L'étoile du Sud assombrit son regard et penche sa tête brune sur son cou charmant. Le régiment féminin des comètes à ses pieds s'amuse et voltige; jolis canaris dans la cage des éclipses. Devra-t-elle déparer son mobile trésor de sa belle rouge, de sa belle violette? Ces deux comètes qui, légèrement, dès cinq heures du soir, relèvent une jupe de taffetas sur un genou de lune.

La belle rouge aux lèvres humides, amie des adultères et que plus d'un amant délaissé découvrit, blottie dans son lit, les cils longs et feignant d'être inanimée, la belle rouge enfin aux robes bleu sombre, aux yeux bleu sombre, au cœur bleu sombre comme une méduse perdue, loin de toutes les côtes, dans un courant tiède hanté par les bateaux fantômes. Et la belle violette donc! la belle violette aux cheveux roux, à la belle violette, au lobe des oreilles écarlate, mangeuse d'oursins, et dont les crimes prestigieux ont lentement déposé des larmes d'un sang admirable et admiré des cieux entiers sur sa robe, sur sa précieuse robe.

Les étranglera-t-elle de ses doigts de diamant, elle la charmante étoile du Sud, suivant le perfide conseil de l'étoile du Nord, la magique, tentatrice et adorable étoile du Nord dont un diamant remplace le téton à la pointe d'un sein chaud et blanc comme le reflet du soleil à midi?

Timoniéres, comètes violette et rouge, timonières du bateau fantôme où guidez-vous votre cargaison de putains et de squelettes dont le superbe accouple-

Robert Desnos: Surrealistischer Text

Die Sternin des Nordens schickt der Sternin des Südens folgendes Telegramm: «Köpfe sofort Deinen roten und Deinen violetten Kometen, die Dich verraten. Die Sternin des Nordens.» Die Sternin des Südens verdüstert ihren Blick und neigt ihren braunen Kopf auf ihrem reizenden Hals. Das weibliche Kometen-Heer zu ihren Füßen vergnügt sich und gaukelt umher; hübsche Kanarienvögel im Käfig der Finsternisse. Muss sie ihren beweglichen Schatz ihrer schönen roten und ihrer schönen violetten Kometin berauben? Diese beiden Kometen, die schon um fünf Uhr abends einen Taftrock leicht über ein Mondknie heben. Die schöne rote Kometin mit den feuchten Lippen, die Freundin der Ehebrecher, die schon mehr als ein verlassener Liebhaber entblößt hat, während sie, in ihr Bett gekuschelt, mit langen Wimpern, so tut, als sei sie tot; die schöne rote Kometin mit den dunkelblauen Kleidern, den dunkelblauen Augen, dem dunkelblauen Herzen gleich dem einer Qualle, die weit von allen Küsten entfernt in einem lauen, von Geisterschiffen heimgesuchten Strom verloren ist. Und die schöne violette Kometin! die schöne violette Kometin mit den roten Haaren, mit dem schönen Veilchen, dem scharlachfarbenen Ohrläppchen, die violette Kometin, die Seeigel verzehrt. Ihre außerordentlichen Verbrechen haben langsam die Tränen eines wunderbaren und vom ganzen Himmel bewunderten Blutes auf ihr Kleid, ihr wertvolles Kleid fallen lassen. Wird sie sie mit ihren Diamantenfingern erwürgen, sie, die reizende Sternin des Südens, gemäß dem ruchlosen Rat der Sternin des Nordens, der zauberhaften, verführerischen und anbetungswürdigen Sternin des Nordens, bei der anstelle der Warze ein Diamant an der Spitze des Busens sitzt, der so heiß und so weiß ist wie der Widerschein der Sonne am Mittag?

Ihr Lenkerinnen, violette und rote Kometinnen, Lenkerinnen des Geisterschiffes, wohin führt ihr eure Fracht an Kurtisanen und Skeletten, deren erhabener Beischlaf allen

ment apporte aux régions que vous traversez le réconfort de l'amour éternel? Séductrices! La voilette de la violette est le filet de pêche et le genou de la rouge sert de boussole. Les putains du bateau fantôme sont quatre vingt-quatre dont voici quelques noms: Rose, Mystère, Etreinte, Minuit, Police, Directe, Folle, Et cœur et pique, De moi, De loin, Assez, L'or, Le verre vert, Le murmure, La galandine et La mère-des-rois qui compte à peine seize années, de celles que l'on nomme les belles années. En désespoir de cause les squelettes de *l'Armada* livrent combat à ceux de la *Méduse*.

La haut, dans le ciel, flottent les méduses dispersées.

Avant que de devenir comète l'étoile du Sud à l'étoile du Nord envoie ce télégramme: «Plonge le ciel dans tes icebergs! justice est faite–L'étoile du Sud».

Perfide étoile du Nord!

Troublante étoile du Sud!

Adorables!

Adorables!

Gegenden, die ihr durchquert, den Trost der ewigen Liebe schenkt? Ihr Verführerinnen! Das Schleierchen der violetten Kometin ist das Fischernetz und das Knie der roten Kometin dient als Kompass. Es sind vierundachtzig Kurtisanen auf dem Geisterschiff. Einige ihrer Namen sind: Rose, Geheimnis, Umarmung, Mitternacht, Polizei, Gerade, Verrückte, Herz und Pique zugleich, Von mir, Von fern, Genug, Gold, Grünes Glas, Murmeln, Galante und Mutter der Könige, die kaum sechzehn Jahre zählt, von denen, die man die schönen Jahre nennt. Als allerletztes Mittel liefern sich die Skelette der *Armada* mit denen der *Medusa* einen Zweikampf.

Dort oben im Himmel schweben die verstreuten Quallen.

Bevor sie Komet wird, schickt die Sternin des Südens der Sternin des Nordens folgendes Telegramm: «Tauche den Himmel in Deine Eisberge! Der Gerechtigkeit ward Genüge. Die Sternin des Südens.»

Perfide Sternin des Nordens!

Verwirrende Sternin des Südens!

Ihr Anbetungswürdigen!

Ihr Anbetungswürdigen!

Louis Aragon:
Le passage de l'Opéra (de: Le paysan de Paris)

On n'adore plus aujourd'hui les dieux sur les hauteurs. Le temple de Salomon est passé dans les métaphores où il abrite des nids d'hirondelles et de blêmes lézards. L'esprit des cultes en se dispersant dans la poussière a déserté les lieux sacrés. Mais il est d'autres lieux qui fleurissent parmi les hommes, d'autres lieux où les hommes vaquent sans souci à leur vie mystérieuse, et qui peu à peu naissent à une religion profonde. La divinité ne les habite pas encore. Elle s'y forme, c'est une divinité nouvelle qui se précipite dans ces modernes Ephèses comme, au fond d'un verre, le métal déplacé par un acide ; c'est la vie qui fait apparaître ici cette divinité poétique à côté de laquelle mille gens passeront sans rien voir, et qui, tout d'un coup, devient sensible, et terriblement hantante, pour ceux qui l'ont une fois maladroitement perçue. Métaphysique des lieux, c'est vous qui bercez les enfants, c'est vous qui peuplez leurs rêves. Ces plages de l'inconnu et du frisson, toute notre matière mentale les borde. Pas un pas que je fasse vers le passé, que je ne retrouve ce sentiment de l'étrange, qui me prenait, quand j'étais encore l'émerveillement même, dans un décor où pour la première fois me venait la conscience d'une cohérence inexpliquée et de ses prolongements dans mon cœur.

Toute la faune des imaginations, et leur végétation marine, comme par une chevelure d'ombre se perd et se perpétue dans les zones mal éclairées de l'activité humaine. C'est là qu'apparaissent les grands phares spirituels, voisins par la forme de signes moins purs. La porte du mystère, une défaillance humaine
 l'ouvre, et nous voilà dans les royaumes de l'ombre.
 Un faux pas, une syllabe achoppée révèlent la pensée

Louis Aragon:
Die Passage de l'Opéra (aus: Pariser Landleben)

Heutzutage betet man nicht mehr die Götter auf den Höhen an. Der Salomonische Tempel ist nur noch ein Sinnbild, das Schwalbennester und fahle Eidechsen in seiner Obhut hat. Der Geist der Kulte hat die heiligen Orte verlassen und sich in Staub aufgelöst. Aber es gibt andere Orte, die unter den Menschen gedeihen, andere Orte, an denen sie sorglos ihr geheimnisvolles Leben führen und die allmählich Stätten einer tieferen Religion werden. Die Gottheit bewohnt sie noch nicht. Sie bildet sich dort erst, es ist eine neue Gottheit, die sich auf die modernen Ephesi niederschlägt wie Metall, das von einer Säure zersetzt wird, am Boden eines Glases. Es ist das Leben, das diese dichterische Gottheit hier erscheinen lässt, aber tausend Leute gehen an ihr vorbei, ohne etwas von ihr zu sehen, und sie wird nur für diejenigen spürbar und schrecklich quälend, die sie absichtslos einmal gesehen haben. Metaphysik der Orte, du bist es, die die Kinder in den Schlaf wiegt, du bist es, von der sie träumen. All unser geistiger Stoff grenzt an diese Strände des Unbekannten und des Schauderns. Ich tue keinen Schritt in die Vergangenheit, ohne auf dieses Gefühl der Fremdheit zu stoßen, das mich ergriff, als ich noch das Staunen selbst war in einer Umgebung, in der mir zum ersten Mal das Bewusstsein von einem ungeklärten Zusammenhang und von seinen Verlängerungen in meinem Herzen kam.

Die ganze belebte Welt der Phantasie, ihre Meeresvegetation verliert sich gleichsam in schattenhaftem Haar und lebt fort in den nur schwach erhellten Zonen der menschlichen Tätigkeit. Dort tauchen die großen geistigen Leuchttürme auf, die durch ihre Gestalt an weniger reiche Zeichen erinnern. Die Pforte des Geheimnisses wird durch menschliche Schwäche geöffnet, und schon befinden wir uns im Königreich des Schattens. Ein falscher Schritt, eine stolpernde Silbe offenbaren das Denken eines Menschen. Im Wirrwarr

d'un homme. Il y a dans le trouble des lieux de semblables serrures qui ferment mal sur l'infini. Là où se poursuit l'activité la plus équivoque des vivants, l'inanimé prend parfois un reflet de leurs plus secrets mobiles: nos cités sont ainsi peuplées de sphinx méconnus qui n'arrêtent pas le passant rêveur, s'il ne tourne vers eux sa distraction méditative, qui ne lui posent pas de questions mortelles. Mais s'il sait les deviner, ce sage, alors, que lui les interroge, ce sont encore ses propres abîmes que grâce à ces monstres sans figure il va de nouveau sonder. La lumière moderne de l'insolite, voilà désormais ce qui va le retenir.

Elle règne bizarrement dans ces sortes de galeries couvertes qui sont nombreuses à Paris aux alentours des grands boulevards et que l'on nomme d'une façon troublante *des passages*, comme si dans ces couloirs dérobés au jour, il n'était permis à personne de s'arrêter plus d'un instant. Lueur glauque, en quelque manière abyssale, qui tient de la clarté soudaine sous une jupe qu'on relève d'une jambe qui se découvre. Le grand instinct américain, importé dans la capitale par un préfet du second Empire, qui tend à recouper au cordeau le plan de Paris, va bientôt rendre impossible le maintien de ces aquariums humains déjà morts à leur vie primitive, et qui méritent pourtant d'être regardés comme les recéleurs de plusieurs mythes modernes, car c'est aujourd'hui seulement que la pioche les menace, qu'ils sont effectivement devenus les sanctuaires d'un culte de l'éphémère, qu'ils sont devenus le paysage fantomatique des plaisirs et des professions maudites, incompréhensibles hier et que demain ne connaîtra jamais.

«Le boulevard Haussmann est arrivé aujourd'hui rue Laffitte», disait l'autre jour *l'Intransigeant*. Encore quelques pas de ce grand rongeur, et, mangé le pâté de maisons qui le sépare de la rue Le Peletier, il viendra éventrer le buisson qui traverse de sa double galerie le passage de l'Opéra, pour aboutir oblique-

der Orte gibt es mehrere Schlösser, die nur dürftig verriegelt sind zur Unendlichkeit hin. Dort wo die Lebenden ihrer höchst zweifelhaften Tätigkeit nachgehen, spiegelt das Unbelebte manchmal ihre geheimsten Beweggründe wider; unsere Städte sind derart mit unerkannten Sphingen bevölkert, die einen träumerisch Vorübergehenden nicht aufhalten, wenn er ihnen nicht seine zerstreuten Gedanken zuwendet. Sie stellen ihm keine Fragen auf Leben und Tod. Aber er errät sie, dieser Weise, so dass er, indem er sie befragt, dank dieser gesichtslosen Ungeheuer von neuem seine eigenen Abgründe erforscht. Das Licht, das das Ungewöhnliche heutzutage erhellt, ist es, was ihn von nun an festhalten wird.

Es herrscht auf sonderbare Weise in jener Art von überdachten Galerien, die in Paris um die großen Boulevards herum zahlreich sind, und die man irrigerweise *Passagen* nennt, als wäre es in diesen Gängen, die vom Tageslicht abgeschirmt sind, niemanden erlaubt, länger als einen Augenblick zu verweilen. Grünliches Licht, sozusagen abgrundtief, das viel von einer aufblitzenden Helligkeit hat, wenn ein Rock aufgehoben und ein Bein darunter enthüllt wird. Die starke amerikanische Neigung, in Paris durch einen Präfekten des zweiten Kaiserreichs eingeführt, den Stadtplan von Paris schnurgerade aufzuteilen, wird die Erhaltung dieser menschlichen Aquarien, die ihr ursprüngliches Leben schon eingebüßt haben, bald unmöglich machen. Dennoch verdienen sie als Brutstätten mehrerer moderner Mythen angesehen zu werden, denn erst heute, wo sie von der Hacke bedroht sind, sind sie wirklich der Tempelbezirk eines Kultes der Vergänglichkeit, die gespenstische Landschaft des Lasters und der verfluchten Berufe geworden, die gestern unverständlich waren und von denen morgen keiner mehr weiß.

Vor kurzem stand im «Unerbittlichen»: «Der Boulevard Haussmann ist heute an der Rue Laffitte angekommen. Noch einige Fortschritte dieses großen Nagetiers, und wenn der Häuserblock, der diese Straße von der Rue Le Peletier trennt, aufgefressen ist, wird es das Dickicht abholzen, das mit seiner doppelten Galerie die Passage de l'Opéra durchquert, um

ment sur le boulevard des Italiens. C'est à peu près au niveau du Café Louis XIV qu'il s'abouchera à cette voie par une espèce singulière de baiser de laquelle on ne peut prévoir les suites ni le retentissement dans le vaste corps de Paris. On peut se demander si une bonne partie du fleuve humain qui transporte journellement de la Bastille à la Madeleine d'incroyables flots de rêverie et de langueur ne va pas se déverser dans cette échappée nouvelle et modifier ainsi tout le cours des pensées d'un quartier, et peut-être d'un monde. Nous allons sans doute assister à un bouleversement des modes de la flânerie et de la prostitution, et par ce chemin qui ouvrira plus grande la communication entre les boulevards et le quartier Saint-Lazare, il est permis de penser que déambuleront de nouveaux types inconnus qui participeront des deux zones d'attraction entre lesquelles hésitera leur vie, et seront les facteurs principaux des mystères de demain.

Ceux-ci naîtront ainsi des ruines des mystères d'aujourd'hui. Que l'on se promène dans ce passage de l'Opéra dont je parle, et qu'on l'examine. C'est un double tunnel qui s'ouvre par une seule porte au nord sur la rue Chauchat et par deux au sud sur le boulevard. Des deux galeries, l'occidentale, la galerie du Baromètre, est réunie à l'orientale, (galerie du Thermomètre) par deux traverses, l'une à la partie septentrionale du passage, la seconde tout près du boulevard, juste derrière le libraire et le café qui occupent l'intervalle des deux portes méridionales. Si nous pénétrons dans la galerie du Thermomètre, qui s'ouvre entre le café que je signalais et la librairie Eugène Rey, passée la grille qui, la nuit, ferme le passage aux nostalgies contraires à la morale publique, on observe que presque toute l'étendue de la façade de droite, au rez-de-chaussée diverse avec ses étalages, son café, etc., aux étages semble entièrement occupée par un seul bâtiment : c'en est en effet un seul qui s'étend sur toute cette longueur, un hôtel dont les

schräg auf den Boulavard des Italiens zu gelangen. Auf diesen Weg wird er ungefähr auf der Höhe des Café Louis XIV durch eine seltsame Art von Kuss münden, dessen Folgen man ebenso wenig vorhersehen kann wie seinen Widerhall im weiten Körper von Paris. Man kann sich fragen, ob ein guter Teil des Menschenstromes, der Tag für Tag unglaubliche Fluten von Träumerei und von Sehnsucht von der Bastille zur Madeleine trägt, sich nicht in diesen neuen Abfluss ergießen und damit die ganzen Denkgewohnheiten eines Stadtviertels und vielleicht einer Welt verändern wird. Wir werden zweifellos einer Umkehrung der Gewohnheiten des Flanierens und der Prostitution beiwohnen, und auf diesem Weg, der die Verbindung zwischen den Boulevards und dem Quartier Saint Lazare gewiss erweitern wird, werden vermutlich neue unbekannte Typen umherschlendern, die an beiden Zonen der Anziehung, zwischen denen ihr Leben hin- und herpendelt, teilhaben und die die Hauptfaktoren der Geheimnisse von morgen sein werden.

Diese werden also aus den Trümmern der Geheimnisse von heute entstehen. Man gehe durch die Passage de l'Opéra, von der ich spreche, und prüfe es nach. Sie ist ein doppelter Tunnel, der im Norden mit nur einer Öffnung auf die Rue Chauchat, in Süden mit zweien auf den Boulevard hinaus führt. Von den beiden ist die westliche, die Galerie du Baromètre durch zwei Quergänge mit der östlichen, der Galerie du Thermomètre, verbunden; der eine ist am nördlichen Teil der Passage, der zweite ganz nah am Boulevard, gerade hinter der Buchhandlung und dem Café, die den Platz zwischen den beiden südlichen Toren einnehmen. Wir gehen durch zur Galerie du Thermomètre, die sich zwischen dem besagten Café und der Buchhandlung Eugène Rey öffnet. Ist man an dem Gitter vorbei, das nachts die Passage vor den Sehnsüchten verschließt, die der öffentlichen Moral widersprechen, kann man beobachten, dass fast die ganze Fläche der rechten Fassade – mit ihren verschiedenen Auslagen, ihrem Café u.s.w. im Erdgeschoss und in den Geschossen darüber – von einem einzigen Gebäude eingenommen wird: es ist wirklich ein einziges Gebäude, das sich über die ganze Länge hinzieht, ein

chambres n'ont d'autre air ni d'autre clarté que ceux de ce laboratoire des plaisirs, où l'hôtel puise sa raison d'être. Je me souviens que pour la première fois mon attention fut attirée sur lui par la contre-réclame que lui fait sur le mur qui forme le fond de la rue Chauchat l'hôtel de Monte-Carlo (dont nous verrons le hall galerie du Baromètre) et qui affirme fièrement qu'il *n'a rien à voir avec le meublé du Passage.* Ce *meublé,* au premier étage, est une maison de passe, mais au second, où les chambres sont assez basses de plafond, c'est tout simplement un hôtel où l'on loue au mois et à la semaine, à des prix assez raisonnables, des pièces malsaines et mesquines avec l'eau courante chaude et froide, et l'électricité. Il est assez agréable d'habiter dans une maison de passe, pour la liberté qui y règne et qu'on s'y sent moins épié que dans un garni ordinaire. J'ai ainsi vécu à Berlin dans un semblable endroit de la Joachimstalerstrasse, dans Charlottenburg, où je payais ma chambre tous les soirs avant d'y entrer, encore que j'y eusse laissé ma malle. Picabia, rue Darcet, habite aussi de temps en temps dans une maison de passe, qu'il dit aimer parce que jamais on n'y voit de souliers à la porte des gens. Actuellement je connais au second du meublé du passage de l'Opéra deux locataires qui sont mes amis : Marcel Noll qui apporta l'année dernière de Strasbourg à Paris de grandes facultés de désordre, et que j'estime beaucoup pour elles ; Charles Baron, le frère du poète Jacques Baron, poète lui-même (on ne le sait pas assez) mais que les gens qui le connaissent mal distinguent de l'autre en le nommant *Baron le boxeur,* pour de vagues leçons de boxe qu'il prit jadis, et peut-être parce qu'il fréquentait alors quelques boxeurs dont l'un au moins, Fred Bretonnel, devait atteindre à la célébrité des rings, Charles Baron qui a pris ici cette chambre mal commode pour y vivre avec une amie charmante, de laquelle je n'ai le droit de dire seulement que ceci : certains jours elle ressemble

Hotel, dessen Zimmer keine andere Luft noch Helligkeit haben als die dieses Laboratoriums der Lüste, von dem es seine Daseinsberechtigung nimmt. Ich erinnere mich, dass meine Aufmerksamkeit zum ersten Mal durch die Gegenreklame darauf gezogen wurde, die das Hotel Monte Carlo auf der Mauer macht, die die Rue Chauchat abschließt (seine Empfangshalle werden wir in der Galerie du Baromètre sehen). Das Hotel versichert stolz, dass es *nichts mit der Einrichtung in der Passage zu tun hat*. Diese Einrichtung ist im ersten Stockwerk eine Absteige; aber im zweiten Stock mit den ziemlich niedrigen Zimmern ist es ganz einfach ein Hotel, wo man pro Monat oder pro Woche zu ziemlich vernünftigen Preisen ungesunde und armselige Zimmer mit fließend kalt- und warmem Wasser und elektrischem Licht mietet. Es ist ganz angenehm, in einer Absteige zu wohnen, da dort größere Freiheit herrscht und man sich weniger beobachtet fühlt als in einem gewöhnlichen *Garni*. Ich habe in Berlin an einem derartigen Ort in der Joachimsthaler Straße in Charlottenburg gelebt, wo ich mein Zimmer jeden Abend, bevor ich es betrat, bezahlte, obwohl ich meinen Koffer dort gelassen hatte. Picabia wohnt auch von Zeit zu Zeit in einem Absteigequartier in der Rue Darcet, das er angeblich so gern hat, weil man nie Schuhe vor den Türen der Leute sieht. Zur Zeit kenne ich im zweiten Stock des Hotels der Opernpassage zwei Mieter, die meine Freunde sind: Marcel Noll, der letztes Jahr aus Straßburg große Fähigkeiten zur Liederlichkeit mit nach Paris brachte, und den ich darum sehr schätze. Der andere ist Charles Baron, der Bruder des Dichters Jacques Baron und selber Dichter (was nicht genügend bekannt ist); die Leute, die ihn schlecht kennen, unterscheiden ihn von dem anderen, indem sie ihn «Baron den Boxer» nennen wegen der Boxstunden, die er früher einmal genommen haben soll, vielleicht auch, weil er damals mit einigen Boxern verkehrte, von denen es wenigstens einer im Ring zur Berühmtheit brachte: Fred Bretonnel. Charles Baron hat dieses ungemütliche Zimmer genommen, um dort mit einer reizenden Freundin zu leben, von der ich nichts zu sagen weiß, als dass sie an manchen Tagen seltsam wie eine erdolchte Unschuld aussieht. Dieses

étrangement à une colombe poignardée. Ce garni romantique, dont les portes bâillent parfois, laissant apercevoir de bizarres coquillages, la disposition des lieux le rend plus équivoque encore que l'emploi peut-être banal qu'une population flottante en peut faire. Sur de longs couloirs qu'on prendrait pour les coulisses d'un théâtre s'ouvrent les loges, je veux dire les chambres, toutes du même côté vers le passage. Un double système d'escaliers permet de sortir plus ou moins loin dans le passage. Tout est ménagé pour permettre les fuites possibles, pour masquer à un observateur superficiel les rencontres qui, derrière le bleu de ciel passé des tentures, étoufferont un grand secret dans un décor de lieu commun. Au premier, sur l'escalier le plus éloigné, on a inventé de mettre une porte qui permette, le cas échéant, de fermer cette issue lointaine, encore qu'elle ne tienne qu'à des montants et qu'il suffise pour la franchir d'enjamber la rampe à son niveau. Cette menace ballante laisse à qui la contemple un doute qui ne va pas sans enivrement. On cherche la signification de cette porte, dont la présence rappelle les opérations de police les plus basses et les poursuites au cœur même de leurs amours de ces assassins sentimentaux que la faiblesse des sens a livrés et que l'on cerne au petit jour dans ces labyrinthes voluptueux où ils se cachent, que l'on y traque tandis que la main sur leur cœur en chamade, ces héros maudits en suspens sur la pointe de leurs pieds entendent encore derrière les portes les soupirs inconscients du plaisir des autres. Par moments les couloirs s'éclairent, mais la pénombre est leur couleur préférée. Qu'une chambre s'entrouvre, et c'est un peignoir ou une chanson. Puis un bonheur se défait, des doigts se délacent, et un pardessus descend vers le jour anonyme, vers le pays de la respectabilité.

Ce lieu est régi par deux femmes ; l'une, vieille et
 désagréable, qui rechigne dans ses rhumatismes et
 que l'on aperçoit près de la cheminée dans le bureau

romantische Hotel, dessen Türen manchmal etwas offen stehen und sonderbare Muschelschalen sehen lassen, wird durch die Aufteilung der Räume noch zweideutiger als es der vielleicht banale Gebrauch bewirkt, den ein wechselndes Publikum davon macht. Von langen Fluren, die man für Kulissen eines Theaters halten könnte, gehen Logen ab, das heißt: Zimmer, alle auf die Passage hinaus. Ein doppeltes Treppensystem erlaubt es, das Hotel mehr oder weniger weit draußen in der Passage zu verlassen. Alles ist so angelegt, dass eine etwaige Flucht erleichtert wird, um einem zufälligen Beobachter Begegnungen zu verschleiern, die hinter dem verblichenen Himmelblau der Tapeten ein großes Geheimnis in einer alltäglichen Ausstattung ersticken. Im ersten Stock hat man sich einfallen lassen, auf der entfernteren Treppe eine Tür anzubringen, die gegebenenfalls erlaubt, diesen entfernten Ausgang zu versperren, obwohl sie nur an Pfosten aufgehängt ist und man, um sie zu umgehen, nur über das Treppengeländer auf gleicher Höhe zu steigen braucht. Diese schlenkernde Drohung hinterlässt bei dem, der sie betrachtet, Vermutungen, die etwas Berauschendes haben. Man sucht nach der Bedeutung dieser Tür, deren Vorhandensein an die niedrigsten Polizeiaktionen erinnert und an Verfolgungen bis ins Herz der Liebesabenteuer dieser Mörder aus Leidenschaft, die die Schwachheit des Fleisches ausgeliefert hat, und die nun im Morgengrauen in diesen wollüstigen Labyrinthen umzingelt sind, in denen sie sich verbergen. Man verfolgt sie darin, während die verfluchten Helden, die Hand auf ihrem heftig pochenden Herzen, auf Zehenspitzen hinter den Türen noch die unbewussten Wollustseufzer der anderen hören. Einige Augenblicke wird es auf den Korridoren hell, aber der Halbschatten ist ihre bevorzugte Tönung. Wenn ein Zimmer sich halb öffnet, sieht man einen Frisiermantel oder hört ein Lied. Dann löst ein Glück sich auf, die Finger lassen einander fahren, ein Jackett steigt in den anonymen Tag, ins Land der Ehrbarkeit hinunter.

Dieser Ort wird von zwei Frauen beherrscht; die eine ist alt und unangenehm, mürrisch, da sie immer Rheuma hat. Man sieht sie immerzu vor dem Kamin neben dem Schlüs-

de l'hôtel à côté du tableau des clefs ; l'autre, plus très jeune, mais très douce, brune sans doute par habitude, la vraie logeuse de cet endroit, de laquelle je me demande plus particulièrement ce qu'elle deviendra quand les démolisseurs l'auront chassée d'ici. Bavarde, l'indulgence même, elle a pris à son métier le goût de l'équivoque et de l'instabilité. Elle ne presse guère ses locataires de la payer, et ce n'est que le besoin qui l'y pousse, à la fin. L'irrégularité est ce qu'elle attend de plus naturel du plus régulier d'entre eux. Elle s'y intéresse. Et sans doute que comme tous les logeurs elle est de la police, mais elle ne parle pas de celle-ci sans effroi, sans paraître redouter quelque malheur indéfinissable. Je me souviens qu'un jour mon ami Noll avait été arrêté pour de mauvaises raisons, une histoire de tapage nocturne et de cris séditieux, et comme on avait téléphoné du commissariat pour vérifier son domicile, voilà que je survins aux nouvelles. Je trouvai sa logeuse dans la plus vive inquiétude: «Que lui est-il arrivé, Monsieur? Ces histoires-là, c'est bien stupide. Ils ne vont pas le garder longtemps au moins. L'autre mois il y a eu un locataire ici qui a eu une histoire.» Elle poussa de vrais soupirs de soulagement quand elle le vit revenir quelques instants plus tard.

Entre les boulevards et la première entrée de l'hôtel s'étale, au rez-de-chaussée de l'hôtel, la devanture de Rey où ce libraire expose les revues, les romans populaires et les publications scientifiques. C'est un des quatre ou cinq endroits de Paris où l'on peut consulter à son aise les revues sans les acheter. Aussi y voit-on fréquemment stationner des gens jeunes qui lisent en soulevant les pages non coupées, et d'autres auxquels cette illusoire occupation donne une contenance tandis qu'ils surveillent les allées et venues du passage pour des raisons diverses, qui me vont facilement au cœur. De sa petite boîte vitrée, une seule caissière, communiquant avec la librairie par un

selbrett im Büro des Hotels; die andere ist auch nicht mehr ganz jung, aber sehr sanft, braun zweifellos aus Gewohnheit, die eigentliche Vermieterin des Ortes, bei der ich mich mit mehr Teilnahme frage, was aus ihr werden wird, wenn die Abbruchsarbeiter sie von hier verjagt haben. Gesprächig, die Nachsicht in Person, hat sie durch ihren Beruf Geschmack am Zweifelhaften und am Unbeständigen gewonnen. Sie drängt ihre Mieter kaum, zu bezahlen; nur die Notwendigkeit treibt sie schließlich dazu. Unregelmäßigkeit ist das, was sie natürlicherweise vom regelmäßigsten Zahler unter ihnen erwartet. Das interessiert sie. Und obwohl sie zweifellos für die Polizei ist wie alle Vermieter, spricht sie von dieser nur mit Schrecken, ohne freilich ein unbestimmtes Unglück von ihr zu erwarten. Ich erinnere mich, dass eines Tages mein Freund Noll aus schlechten Gründen verhaftet worden war, es war eine Geschichte mit nächtlichem Krawall und aufrührerischem Geschrei. Als man die Polizeiwache angerufen hatte, um seinen Wohnort zu überprüfen, kam ich unvermutet hinzu. Ich fand seine Wirtin in der größten Unruhe: «Was ist ihm geschehen, Monsieur? Solche Geschichten sind etwas Dummes, sie werden ihn doch wenigstens nicht lange festhalten. Erst vor einem Monat war ein Mieter hier, dem man Scherereien machte.» Sie stieß wahre Seufzer der Erleichterung aus, als sie ihn einige Augenblick später zurückkommen sah.

Zwischen den Boulevards und dem ersten Eingang des Hotels breitet sich in dessen Erdgeschoß die Auslage von Rey aus, wo dieser Buchhändler Zeitschriften, populäre Romane und wissenschaftliche Veröffentlichungen ausstellt. Es ist einer von den vier oder fünf Plätzen in Paris, wo man ungestört Zeitschriften ansehen kann, ohne sie kaufen zu müssen. So sieht man dort häufig junge Leute haltmachen, die lesen, wobei sie die nicht aufgeschnittenen Seiten hochheben; und andere, denen diese Scheinbeschäftigung eine ruhige Haltung gibt, während sie das Kommen und Gehen in der Passage beobachten, aus verschiedenen Gründen, für die ich volles Verständnis habe. Eine einzige Kassiererin überwacht von ihrem kleinen Glaskäfig aus die Auslagen, wobei

guichet, surveille l'étalage. Aussi le vol y est-il presque aussi fréquent que chez Crès, boulevard Saint-Germain, où, en 1920, il fut volé en un an pour vingt mille francs* de livres et de publications.

La porte de l'immeuble n° 2, qui donne accès à l'escalier du meublé, permet d'apercevoir en retrait de celui-ci la loge vitrée du concierge du passage. Dire que derrière ces carreaux so confine une double existence passive, aux limites de l'inconnu et de l'aventure ! Depuis des années et des années le couple des portiers se tient dans cette taupinière à voir passer des bas de robes et des pantalons grimpant à l'échelle des rendez-vous. Depuis des années ils sont astreints à la forme de ce lieu absurde, en marge des galeries, ces deux vieillards qu'on aperçoit, usant leur vie, lui à fumer et elle à coudre, à coudre encore, inlassablement coudre, comme si, de cette couture, dépendait le sort de l'univers. D'assez curieuses floraisons décorent sans doute ces cervelles appariées. Durant les longues heures et l'obscurité, l'obscurité qui épargne le coût exagéré d'une lampe électrique, de belles formations naturelles doivent tout à leur aise s'échafauder derrière ce ménage de fronts : elle et lui, si accoutumés l'un à l'autre, que leur bavardage de convention s'est enfin espacé jusqu'au silence, ne peuvent plus accompagner le geste machinal de la pipe et de l'aiguille que de ces magnifiques dérèglements de l'imagination qu'on ne prête guère qu'aux poètes. A voir s'entrecroiser audelà de leur vitre les pas du mystère et du putanisme, que vont-ils chercher au fond de leur esprit, ces sédentaires mordus par l'âge et l'oisiveté du cœur ? Tout un jeu de cartes obscènes, que je me plais à me représenter. La dame de trêfle . . . mais un jour j'ai parlé au concierge, comme le conseille l'écriteau. C'était au zinc du café Louis XVI, où cet homme se payait de petites vacances, la casquette sur l'oreille et le gosier dans l'alcool.

* D'alors, s'entend *(note de 1966)*

sie mit dem Buchhändler durch eine Schalteröffnung verhandelt. So wird hier fast genau so viel gestohlen wie bei Crès, Boulevard Saint-Germain, wo 1920 in einem Jahr für 20 000 Franken* Bücher und Hefte entwendet wurden.

Die Tür des Mietshauses Nummer zwei, die zu der Treppe des Hotels führt, gibt dahinter den Blick auf die verglaste Loge des Concierge frei. Wenn man bedenkt, dass hinter diesen Scheiben ein zweifaches passives Leben eingesperrt ist auf der Grenze zwischen dem Unbekannten und dem Abenteuer! Seit Jahren hält sich das Portierehepaar in diesem Maulwurfsbau auf, um die Säume der Kleider und Hosen vorbeigehen zu sehen, die über die Treppe zu ihren Verabredungen steigen. Seit Jahren sind sie an diesen unmöglichen Ort am Rand der Galerien gebunden, diese beiden Greise, die man ihr Leben vergeuden sieht – ihn rauchend und sie nähend, nähend, unermüdlich nähend, als ob von dieser Näherei das Geschick des Universums abhinge. Zweifellos schmücken seltsame Blütenträume diese gleichgearteten Hirne. Während der langen Stunden und der Dunkelheit, der Dunkelheit, die die unnötigen Kosten einer elektrischen Lampe erspart, müssen sich nach Belieben schöne natürliche Formationen hinter diesen beiden Stirnen türmen: sie und er, so aneinander gewöhnt, dass ihr belangloses Gerede sich bis zu völligen Stille verflüchtigt hat, können sie die mechanischen Handgriffe mit Pfeife und Nadel nur noch mit den großartigen Freizügigkeiten der Phantasie begleiten, die man kaum jemand anderem als Dichtern zugesteht. Wenn man sieht, wie sich hinter ihrer Scheibe die Schritte des Geheimnisses und der Spekulation kreuzen – was werden sie am Grund ihres Geistes suchen, diese vom Alter und vom Müßiggang des Herzens zermürbten Stubenhocker? Ein ganzes Spiel unanständiger Karten, das ich mir zum Spaß vorstelle. Treffdame... Aber einmal habe ich mit dem Concierge gesprochen, wie es die Hausordnung empfiehlt. Das war an der Bar des Cafés Louis XIV, wo dieser Mann sich kleine Ferien gönnte, die Mütze auf dem Ohr, einen Schnaps in der Hand.

* Damalige Währung, wohlgemerkt!

Moi. – Je vous demande mille fois pardon, vous êtes bien le concierge du passage?

Lui. – Depuis vingt et des années, Monsieur, pour vous servir?

Moi. – Vous accepteriez bien . . .

Lui. – Un petit marc . . . Je fais un métier qui donne soif . . . Il y a un va-et-vient là-dedans, une poussière . . . On voit de drôles de gens, des jolies femmes, et des moins jolies . . . Je les regarde le moins possible, ça ne me regarde pas, vous comprenez? Le concierge. Après un marc, on en prend volontiers un autre. Vous êtes bien aimable, Monsieur. Il y en a qui viennent me raconter leurs petites affaires. Je donne des conseils. Les gens, ça se noie dans un verre d'eau . . .

Moi. – Il y a toutes sortes de locataires, dans votre passage.

Lui, *devient circonspect.*

Je désirais savoir s'il existait toujours dans son domaine une bizarre institution de laquelle m'avait jadis entretenu Paul Valéry: une agence qui se chargeait de faire parvenir à toute adresse des lettres venues de n'importe quel point du globe, ce qui permettait de feindre un voyage en Extrême-Orient, par exemple, sans quitter d'une semelle l'extrême-occident d'une aventure secrète. Impossible de rien apprendre: le concierge n'avait jamais entendu dire . . . Après tout, que sait un concierge? Et peut-être, qu'il y a plus de vingt ans que Valéry usait de semblables supercheries.

Un marchand de cannes sépare le café du *Petit Grillon* de l'entrée du meublé. C'est un honorable marchand de cannes qui propose à une problématique clientèle des articles luxueux, nombreux et divers, agencés de façon à faire apprécier à la fois le corps et la poignée. Tout un art de panoplie dans l'espace est ici
76 développé: les cannes inférieures forment des éven-
77 tails, les supérieures s'entrecroisant en X penchent

Ich: «Ich bitte tausend Mal um Verzeihung, Sie sind doch der Concierge der Passage?»
Er: «Ja, schon seit einundzwanzig Jahren, mit Verlaub, mein Herr.»
Ich: «Kann ich Ihnen...»
Er: «Einen kleinen Schnaps... Ich verrichte eine Arbeit, die durstig macht... Da drin ist ein Kommen und Gehen, ein Staub... Man sieht die merkwürdigsten Leute, hübsche Frauen und weniger hübsche... Ich beachte sie so wenig wie nur möglich, das geht mich nichts an. Sie verstehen? Der Concierge. Nach einem Schnaps trinkt man gern noch einen. Sie sind sehr liebenswürdig, mein Herr. Es gibt Leute, die kommen, um mir ihre Angelegenheiten zu erzählen. Ich gebe Ratschläge. Die Leute – die lassen sich von Kleinigkeiten drankriegen...»
Ich: «Es gibt alle Arten von Mietern in Ihrer Passage.»
Er *wird vorsichtig.*

Ich wollte wissen, ob es auf seinem Gebiet immer noch eine absonderliche Einrichtung gibt, von der mir Paul Valéry einmal erzählt hat: eine Agentur, die sich damit befasste, an jede Adresse Briefe von welchem Punkt der Erde auch immer gelangen zu lassen, so dass man beispielsweise eine Reise in den Fernen Osten vortäuschen konnte, ohne auf ein geheimes Abenteuer im fernen Westen zu verzichten.

Unmöglich, irgend etwas zu erfahren: der Concierge hatte niemals davon sprechen hören... Was weiß schließlich ein Concierge? Und vielleicht ist es mehr als zwanzig Jahre her, dass Valéry derartige Täuschungsmanöver benutzte.

Ein Spazierstockhändler befindet sich zwischen dem Café du *Petit Grillon* und dem Eingang des Hotels. Es handelt sich um einen ehrenwerten Spazierstockhändler, der einer schwierigen Kundschaft zahlreiche und verschiedenartige Luxusausführungen anbietet, die so ausgestellt sind, dass man zugleich Stock und Knauf bewundern kann. Es ist hier ein Kunstverstand aufgeboten worden wie in einem Waffenmuseum: die unteren Stücke sind fächerartig angeordnet,

vers les regards, par l'effet d'un singulier tropisme, leur floraison de pommeaux : roses d'ivoire, têtes de chien aux yeux lapidaires, demi-obscurité damasquinée du Tolède, niellés de petits feuillages sentimentaux, chats, femmes, becs crochus, matières innombrables du jonc tordu à la corne de rhinocéros en passant par le charme blond des cornalines. Quelques jours après la conversation que j'ai feint de rapporter, comme j'avais passé ma soirée au *Petit Grillon* dans l'attente d'une personne qui n'avait pas jugé bon de me rejoindre, légitimant de quart en quart d'heure mon insolite présence solitaire par la commande d'une consommation qui épuisait un peu chaque fois de ma puissance inventive, ayant prolongé fort au-delà du possible cette station de l'expectative et de l'énervement, je sortis dans le passage alors qu'il était déjà entièrement éteint. Quelle ne fut pas ma surprise, lorsque, attiré par une sorte de bruit machinal et monotone qui semblait s'exhaler de la devanture du marchand de cannes, je m'aperçus que celle-ci baignait dans une lumière verdâtre, en quelque manière sous-marine, dont la source restait invisible. Cela tenait de la phosphorescence des poissons, comme il m'a été donné de la constater quand j'étais encore enfant sur la jetée de Port-Bail, dans le Cotentin, mais cependant je devais m'avouer que bien que des cannes après tout puissent avoir les propriétés éclairantes des habitants de la mer, il ne semblait pas qu'une explication physique pût rendre compte de cette clarté surnaturelle et surtout du bruit qui emplissait sourdement la voûte. Je reconnus ce dernier : c'était cette voix de coquillages qui n'a pas cessé de faire l'étonnement des poètes et des étoiles de cinéma. Toute la mer dans le passage de l'Opéra. Les cannes se balançaient doucement comme des varechs. Je ne revenais pas encore de cet enchantement quand je m'aperçus qu'une forme nageuse se glissait entre les divers étages de la devanture. Elle était un peu au-dessous de la taille

die oberen sind x-förmig gekreuzt und neigen in einem seltsamen Tropismus die Blütenköpfe, ihre Griffe, dem Betrachter zu: Rosen aus Elfenbein, Hundeköpfe mit Augen aus Stein, halbdunkle Damaszener-Arbeiten von Toledo, Emailverzierungen aus kleinen rührenden Ranken, Katzen, Frauen, krumme Schnäbel, unzählige Materialien vom gedrehten Rohr über den blonden Reiz der Karneolsteine bis hin zum Horn des Rhinozeros. Einige Tage nach der kleinen Unterhaltung mit dem Concierge des Hotels – ich hatte meinen Abend im *Petit Grillon* in Erwartung einer Person verbracht, die es nicht für gut befunden hatte, mich zu treffen, hatte meine ungewohnte einsame Gegenwart jede Viertelstunde durch die Bestellung eines Getränks legitimiert, das jedesmal etwas von meiner Erfindungsgabe erschöpfte, und hatte diesen Zustand des Beobachtens und der nervlichen Anspannung bereits stark über das Mögliche hinaus ausgedehnt –, ging ich in die Passage hinaus, als sie schon vollkommen dunkel war.

Wie sehr erstaunte ich, als ich – angezogen durch eine Art gleichmäßiges Maschinengeräusch, das von der Auslage des Spazierstockhändlers auszugehen schien – bemerkte, dass diese in ein grünliches, sozusagen unterseeisches Licht getaucht war, dessen Quelle unsichtbar blieb. Es hatte etwas vom Phosphoreszieren der Fische, wie ich es beobachten konnte, als ich in meiner Kindheit an der Mole von Port-Bail im Cotentin stand. Dennoch musste ich mir eingestehen, dass zwar vielleicht durchaus Spazierstöcke die Leuchtfähigkeit von Meeresbewohnern haben können, dass es jedoch für diese übernatürliche Helligkeit und vor allem für das Geräusch, das die Wölbung dumpf erfüllte, doch kaum eine physikalische Erklärung gab. Ich erkannte letzteres: es war das Rauschen der Muscheln, das niemals aufgehört hat, die Dichter und die Filmstars in Staunen zu versetzen. Das ganze Meer in der Opernpassage. Die Spazierstöcke schaukelten sanft wie Algen. Ich hatte mich noch nicht von dieser Verzauberung erholt, als ich bemerkte, dass eine schwimmende Gestalt zwischen den verschiedenen Ebenen der Auslage hindurchglitt. Sie war etwas unter der nor-

normale d'une femme, mais ne donnait en rien l'impression d'une naine. Sa petitesse semblait plutôt ressortir de l'éloignement, et cependant l'apparition se mouvait tout juste derrière la vitre. Ses cheveux s'étaient défaits et ses doigts s'accrochaient par moments aux cannes. J'aurais cru avoir affaire à une sirène au sens le plus conventionnel de ce mot, car il me semblait bien que ce charmant spectre nu jusqu'à la ceinture qu'elle portait fort basse se terminait par une robe d'acier ou d'écaille, ou peut-être de pétales de roses, mais en concentrant mon attention sur le balancement qui le portait dans les zébrures de l'atmosphère, je reconnus soudain cette personne malgré l'émaciement de ses traits et l'air égaré dont ils étaient empreints. C'est dans l'équivoque de l'occupation insultante des provinces rhénanes et de l'ivresse de la prostitution que j'avais rencontré au bord de la Sarre la Lisel qui avait refusé de suivre le repli des siens dans le désastre, et qui chantait tout le long des nuits de la Sofienstrasse des chansons que lui avait apprises son père, capitaine de vénerie du Rhin. Que pouvait-elle bien venir faire ici, parmi les cannes, et elle chantait encore si j'en jugeais par le mouvement de ses lèvres car le ressac de l'étalage couvrait sa voix et montait plus haut qu'elle vers le plafond de miroir au-delà duquel on n'apercevait ni la lune ni l'ombre menaçante des falaises : « L'idéal ! » m'écriai-je, ne trouvant rien de mieux à dire dans mon trouble. La sirène tourna vers moi un visage effrayé et tendit ses bras dans ma direction. Alors l'étalage fut pris d'une convulsion générale. Les cannes tournèrent en avant de quatre-vingt-dix degrés, de telle façon que la moitié supérieure des X vint ouvrir son V contre le verre complétant en avant de l'apparition le rideau des éventails inférieurs. Ce fut comme si des piques brusquement avaient dérobé le spectacle
80 d'une bataille. La clarté mourut avec le bruit de la mer.

81 Le concierge qui allait en traînant fermer la grille

malen Größe einer Frau, machte aber nicht den Eindruck einer Zwergin. Ihre Kleinheit war wohl eher auf den Abstand zurückzuführen. Allerdings bewegte sich die Erscheinung unmittelbar hinter der Scheibe. Ihre Haare waren aufgelöst, ihre Finger hielten sich ab und zu an den Spazierstöcken fest. Ich hätte geglaubt, es mit einer Sirene im gewohnten Sinne des Wortes zu tun zu haben, denn mir kam es fast so vor, als ob dieses reizende Gespenst, das bis zum Gürtel, den es sehr tief trug, nackt war, in einem Kleid aus Stahl oder Schuppen oder vielleicht Rosenblättern endete; aber als ich meine Aufmerksamkeit auf das Schaukeln konzentrierte, das es in die Zebrastreifen der Atmosphäre trug, erkannte ich plötzlich dieses Wesen trotz der Abgezehrtheit und Verstörtheit seiner Züge.

In der zweideutigen Stimmung der peinigenden Rheinland-Besetzung und der Trunkenheit der Prostitution hatte ich am Ufer der Saar die Lisel getroffen, die sich geweigert hatte, den Ihren ins Unglück zu folgen, und die die ganze Nacht hindurch auf der Sofienstraße Lieder sang, die ihr Vater, Jagdherr vom Rhein, ihr beigebracht hatte. Was hatte sie wohl hier zwischen den Spazierstöcken zu tun? Sie sang noch immer, wie ich aus der Bewegung ihrer Lippen schließen konnte, denn die Brandung in der Auslage übertönte ihre Stimme und stieg über sie hinaus bis an die Spiegeldecke, über der man weder den Mond noch die drohenden Schatten der Steilküste sehen konnte: «Das Ideal», schrie ich, da mir in meiner Verwirrung nichts Besseres einfiel. Die Nixe drehte mir ihr entsetztes Gesicht zu und streckte ihre Arme in meine Richtung aus. Da wurde die Auslage von einem allgemeinen Zucken erfasst. Die Spazierstöcke drehten sich um neunzig Grad nach vorn, so dass die obere Hälfte der Xe ihr V zur Fensterscheibe hin öffneten, wodurch der Vorhang, den die tieferen Fächer bildeten, bis vor das Gespenst hin fortgesetzt wurde. Es war, als ob die Spieße plötzlich das Spektakel einer Schlacht verdeckt hätten. Die Helligkeit erstarb zusammen mit dem Geräusch des Meeres.

Der Concierge, der angeschlurft kam, um die Gitter der

du passage me demanda sans aménité si j'allais oui ou non me décider à sortir. Il ne fut pas sensible aux allusions que je fis à nos libations, et je dus passer sur le boulevard, non sans m'être retourné plusieurs fois vers le magasin de cannes où je n'apercevais plus d'autre lueur que, dans les glaces, les reflets incertains des réverbères extérieurs. Il faut dire que le marchand de cannes possède à la vérité deux vitrines et que c'est dans la plus voisine des boulevards que s'était produit le sortilège dont j'eus l'esprit occupé toute la nuit. L'autre contient encore quelques cannes et parapluies et aussi des portefeuilles, de petits sacs de perles, des colliers d'ambre et, suivant une disposition étrange et concertée, des pipes font un grave cercle des muettes à la partie moyenne, où la lumière, en jouant, vient caresser leurs têtes hétéroclites. Or, quand je revins au matin, tout avait repris son aspect normal, sauf dans la seconde vitrine, une pipe d'écume qui figurait une sirène, et qui, au râtelier, sans qu'on s'en aperçût, s'était brisée comme dans un vulgaire tir forain, et qui tendait encore au bout de son tuyau d'illusion la double courbe d'une gorge charmante: un peu de poussière blanche tombée sur la silésienne d'un parapluie attestait l'existence passée d'une tête et d'une chevelure.

Passage zu schließen, fragte mich unwirsch, ob ich mich nicht entschließen wolle, hinauszugehen, ja oder nein. Er war für die Anspielungen, die ich auf unsere Begegnung an der Cafébar machte, nicht empfänglich, und ich musste auf den Boulevard hinausgehen, nicht ohne dass ich mich mehrere Male zu dem Spazierstockgeschäft umgedreht hätte, wo ich aber keinen anderen Schimmer mehr entdeckte als die unbestimmten Reflexe der äußeren Straßenlaternen in den Spiegeln. Ich muss hinzufügen, dass der Stockhändler genau gesagt zwei Schaufenster besitzt, und dass sich in dem, das näher am Boulevard liegt, das Wunder abgespielt hatte, von dem nun mein Geist die ganze Nacht besessen war. Das andere enthält noch einige Stöcke und Schirme und Brieftaschen, kleine Perlentäschchen und Halsketten aus Bernstein, und nach einer seltsamen, planvollen Anordnung bilden Pfeifen einen gewichtigen Kreis von Jagdpavillons um den mittleren Teil, wohin das Licht spielend kommt, um ihre seltsamen Köpfe zu hätscheln. Als ich am Morgen zurückkam, hatte alles sein normales Aussehen wiedergewonnen, außer im zweiten Schaufenster; dort war eine Meerschaumpfeife, die eine Sirene darstellte, am Halter zerbrochen, wie in einer gewöhnlichen Schießbude, ohne dass es zu sehen gewesen wäre. Oben an ihrer phantastischen Röhre streckte sie noch die doppelte Kurve eines reizenden Busens vor; ein wenig weißer Staub, der auf die Seide eines Schirms gefallen war, bezeugte die vergangene Existenz von Kopf und Haar.

Paul Eluard:
Quatre poèmes (de: Capitale de la douleur)

Au hasard

Au hasard une épopée, mais bien finie maintenant.
Tous les actes sont prisonniers
D'esclaves à barbe d'ancêtre
Et les paroles coutumières
Ne valent que dans leur mémoire.

Au hasard tout ce qui brûle, tout ce qui ronge,
Tout ce qui use, tout ce qui mord, tout ce qui tue,
Mais ce qui brille tous les jours
C'est l'accord de l'homme et de l'or,
C'est un regard lié à la terre.

Au hasard une délivrance,
Au hasard l'étoile filante
Et l'éternel ciel de ma tête
S'ouvre plus large à son soleil,
A l'éternité du hasard.

Poème en prose

L'image d'homme, au-dehors du souterrain, resplendit. Des plaines de plomb semblent lui offrir l'assurance qu'elle ne sera plus renversée, mais ce n'est que pour la replonger dans cette grande tristesse qui la dessine. La force d'autrefois, oui la force d'autrefois se suffisait à elle-même. Tout secours est inutile, elle périra par extinction, mort douce et calme.

Elle entre dans des bois épais, dont la silencieuse solitude jette l'âme dans une mer où les vagues sont des lustres et des miroirs. La belle étoile de feuilles

Paul Eluard:
Vier Gedichte (aus: Hauptstadt der Schmerzen)

Dem Zufall

Dem Zufall ein Heldengedicht, aber dass es ganz vollendet sei!
Alle Handlungen sind Gefangene,
Von Sklaven mit Urgroßvater-Bart,
Und die üblichen Worte
Sind nur in ihrem eigenen Gedächtnis von Bedeutung.

Dem Zufall alles was brennt, alles was nagt,
Alles was abnutzt, alles was beißt, alles was tötet!
Aber das, was alle Tage glänzt,
Ist der Einklang der Menschen mit dem Golde,
Ist ein an die Erde gefesselter Blick.

Dem Zufall eine Erlösung,
Dem Zufall eine Sternschnuppe!
Und der ewige Himmel meines Kopfes
Tut sich weiter auf für seine Sonne,
Für die Ewigkeit des Zufalls.

Prosagedicht

Das Bild vom Manne glänzt außerhalb des Souterrains. Ebenen aus Blei scheinen ihm die Gewissheit zu geben, dass es nicht mehr umgestoßen wird, aber damit wird es nur noch tiefer in die große Traurigkeit getaucht, die es kennzeichnet. Die Kraft von früher, ja, die Kraft von früher hatte sich selbst genügt. Jede Hilfe ist unnütz, sie wird durch Auslöschung untergehen – ein sanfter und ruhiger Tod.

Das Bild vom Manne tritt in dichtes Gehölz ein, dessen schweigsame Einsamkeit die Seele in ein Meer wirft, wo die Wellen Kronleuchter und Spiegel sind. Die schöne Sternen-

blanches qui, sur un plan plus éloigné, semble la reine des couleurs, contraste avec la substance des regards, appuyés sur les troncs de l'incalculable impéritie des végétaux bien accordés.

Au-dehors du souterrain, l'image d'homme manie cinq sabres ravageurs. Elle a déjà creusé la masure où s'abrite le règne noir des amateurs de mendicité, de bassesse et de prostitution. Sur le plus grand vaisseau qui déplace la mer, l'image d'homme s'embarque et conte aux matelots revenant des naufrages une histoire de brigands: «A cinq ans, sa mère lui confia un trésor. Qu'en faire? Sinon de l'amadouer. Elle rompit de ses bras d'enfer la caisse de verre où dorment les pauvres merveilles des hommes.

Les merveilles la suivirent. L'œillet de poète sacrifia les cieux pour une chevelure blonde. Le caméléon s'attarda dans une clairière pour y construire un minuscule palais de fraises et d'araignées, les pyramides d'Égypte faisaient rire les passants, car elles ne savaient pas que la pluie désaltère la terre. Enfin, le papillon d'orange secoua ses pépins sur les paupières des enfants qui crurent sentir passer le marchand de sable.»

L'image d'homme rêve, mais plus rien n'est accroché à ses rêves que la nuit sans rivale. Alors, pour rappeler les matelots à l'apparence de quelque raison, quelqu'un qu'on avait cru ivre prononce lentement cette phrase:

«Le bien et le mal doivent leur origine à l'abus de quelques erreurs.»

Le miroir d'un moment

Il dissipe le jour,
Il montre aux hommes les images déliées de
l'apparence,
Il enlève aux hommes la possibilité de se distraire.

blüte aus weißen Blättern, die auf einer entfernteren Ebene wohl die Königin der Farben ist, hebt sich ab vom Wesen der Blicke, die auf die Stämme der unberechenbaren Ahnungslosigkeit gut zusammenstimmender Pflanzen gestützt sind.

Außerhalb des Souterrains spielt das Bild vom Manne mit fünf zerstörerischen Säbeln. Es hat schon das verfallene Haus untergraben, wo sich das schwarze Reich derer verbirgt, die es mit der Bettelei, der Niedrigkeit und dem Laster halten. Das Bild vom Manne geht an Bord des größten Schiffes, von dem das Meer bewegt wird, und erzählt den Matrosen, die von den Schiffbrüchen zurückkommen, eine Räubergeschichte: «Als er fünf Jahre alt war, vertraute seine Mutter ihm einen Schatz an. Was damit tun, wenn nicht ihn besänftigen? Sie zerbrach mit ihren Höllenarmen den Glaskasten, in dem die armen Wunder der Menschen schlafen. Die Wunder folgten ihr. Die Nelke des Dichters gab das Himmelreich für blondes Haar dahin. Das Chamäleon hielt sich in einer Lichtung auf, um dort ein winziges Schloss aus Erdbeeren und Spinnen zu bauen. Die Pyramiden Ägyptens brachten die Passanten zum Lachen, denn sie wussten nicht, dass der Regen die Erde erquickt. Schließlich schüttelte der orangefarbene Schmetterling seine Kerne über die Wimpern der Kinder, die glaubten, den Sandmann kommen zu fühlen.»

Das Bild vom Manne träumt, aber nichts mehr ist an seine Träume angehängt als die unangefochtene Nacht. Dann spricht jemand, den man für betrunken halten konnte, langsam folgenden Satz aus, um die Matrosen wenigstens zum Schein zur Vernunft zu bringen:

«Das Gute wie das Böse verdanken ihren Ursprung dem Missbrauch einiger Irrtümer.»

Der Spiegel des Augenblicks

Er vergeudet den Tag,
Er zeigt den Menschen die losgelösten Bilder der
Erscheinung,
Er raubt den Menschen die Möglichkeit sich abzulenken.

Il est dur comme la pierre,
La pierre informe,
La pierre du mouvement et de la vue,
Et son éclat est tel que toutes les armures, tous les masques en sont faussés.
Ce que la main a pris dédaigne même de prendre la forme de la main,
Ce qui a été compris n'existe plus,
L'oiseau s'est confondu avec le vent,
Le ciel avec sa vérité,
L'homme avec sa réalité.

Celle de toujours, toute

Si je vous dis: «j'ai tout abandonné»
C'est qu'elle n'est pas celle de mon corps,
Je ne m'en suis jamais vanté,
Ce n'est pas vrai
Et la brume de fond où je me meus
Ne sait jamais si j'ai passé.

L'eventail de sa bouche, le reflet de ses yeux,
Je suis le seul à en parler,
Je suis le seul qui soit cerné
Par ce miroir si nul où l'air circule à travers moi
Et l'air a un visage, un visage aimé,
Un visage aimant, ton visage,
A toi qui n'as pas de nom et que les autres ignorent,
La mer te dit: sur moi, le ciel te dit: sur moi,
Les astres te devinent, les nuages t'imaginent
Et la sang répandu aux meilleurs moments,
Le sang de la générosité
Te porte avec délices.

Je chante la grande joie de te chanter,
88 La grande joie de t'avoir ou de ne pas t'avoir,
89 La candeur de t'attendre, l'innocence de te connaître,

Er ist hart wie der Stein,
Wie der unförmige Stein,
Der Stein der Bewegung und der Sicht,
Und sein Glanz ist so groß, dass alle Harnische,
alle Masken dadurch entstellt werden.
Was von der Hand genommen wurde, will nicht selbst die
Form der Hand annehmen.
Was verstanden wurde, ist nicht mehr vorhanden.
Der Vogel hat sich mit dem Wind vermischt,
Der Himmel mit seiner Wahrheit,
Der Mensch mit seiner Wirklichkeit.

Die von immer, ganz

Wenn ich euch sage «Ich habe alles im Stich gelassen»,
Heißt das, dass sie nicht diejenige meines Körpers ist.
Ich habe mich ihrer niemals gerühmt,
Das ist nicht wahr.
Und der Bodennebel, in dem ich mich bewege,
Weiß nie, ob ich vorbeigegangen bin.

Der Fächer ihres Mundes, der Widerschein ihrer Augen,
Ich bin der einzige, der davon spricht.
Ich bin der einzige, der betroffen ist
Von diesem nichtigen Spiegel, wo die Luft mich durchweht.
Und die Luft hat ein Gesicht, ein geliebtes Gesicht,
Ein liebendes Gesicht, dein Gesicht.
Dir, die keinen Namen hat und die die anderen nicht kennen,
Das Meer sagt dir: auf mich! Der Himmel sagt dir: auf mich!
Die Gestirne erraten dich, die Wolken ersinnen dich;
Und das in den besten Augenblicken vergossene Blut,
Das Blut der Großherzigkeit,
Trägt dich mit Wonne.

Ich singe die große Freude, dich zu singen,
Die große Freude, dich zu haben oder nicht zu haben,
Das Glück, dich zu erwarten, die Unschuld, dich zu kennen.

Ô toi qui supprimes l'oubli, l'espoir et l'ignorance,
Qui supprimes l'absence et qui me mets au monde,
Je chante pour chanter, je t'aime pour chanter
Le mystère où l'amour me crée et se délivre.

Tu es pure, tu es encore plus pure que moi-même.

Oh, die du Vergessen, Hoffnung, Unwissenheit überwindest,
Fernsein überwindest, mich in die Welt stellst!
Ich singe, um zu singen, ich liebe dich, um zu singen
Das Geheimnis, wo die Liebe mich erschafft und sich befreit.

Du bist rein, du bist reiner als ich selber.

Le 4 octobre dernier, à la fin d'un de ces après-midi tout à fait désœuvrés et très mornes, comme j'ai le secret d'en passer, je me trouvais rue Lafayette : après m'être arrêté quelques minutes devant la vitrine de la librairie de *L'Humanité* et avoir fait l'acquisition du dernier ouvrage de Trotsky, sans but je poursuivais ma route dans la direction de l'Opéra. Les bureaux, les ateliers commençaient à se vider, du haut en bas des maisons des portes se fermaient, des gens sur le trottoir se serraient la main, il commençait tout de même à y avoir plus de monde. J'observais sans le vouloir des visages, des accoutrements, des allures. Allons, ce n'étaient pas encore ceux-là qu'on trouverait prêts à faire la Révolution. Je venais de traverser ce carrefour dont j'oublie ou ignore le nom, là, devant une église. Tout à coup, alors qu'elle est peut-être encore à dix pas de moi, venant en sens inverse, je vois une jeune femme, très pauvrement vêtue, qui, elle aussi, me voit ou m'a vu. Elle va la tête haute, contrairement à tous les autres passants. Si frêle qu'elle se pose à peine en marchant. Un sourire imperceptible erre peut-être sur son visage. Curieusement fardée, comme quelqu'un qui, ayant commencé par les yeux, n'a pas eu le temps de finir, mais le bord des yeux si noir pour une blonde. Le bord, nullement la paupière (un tel éclat s'obtient et s'obtient seulement si l'on ne passe avec soin le crayon que sous la paupière. Il est intéressant de noter, à ce propos, que Blanche Derval, dans le rôle de Solange, même vue de très près, ne paraissait en rien maquillée. Est-ce à dire que ce qui est très faiblement permis dans la rue mais est recommandé au théâtre ne vaut à mes yeux qu'autant qu'il est passé outre à ce qui est défendu dans un cas, ordonné dans l'autre?

André Breton: Nadja (Auszug)

Am letzten vierten Oktober befand ich mich am Ende eines jener müßigen und sehr trübseligen Nachmittage – ich besitze die Kunst solche zu verbringen – in der Rue Lafayette: nachdem ich einige Minuten vor dem Schaufenster der Buchhandlung *L'Humanité* gestanden und das letzte Werk Trotzkis erworben hatte, setzte ich ziellos meinen Weg in Richtung Oper fort. Die Büros, die Werkstätten begannen sich zu leeren, in den Häusern schlossen sich von oben bis unten eine Tür nach der anderen, Leute auf den Gehsteigen drückten sich die Hand, es begann dennoch voller zu werden. Ich beobachtete ohne es zu wollen die Gesichter, die Aufmachungen, die Gangart. Nun, was man auch sagen mag, die sahen nicht so aus, als ob sie bereit seien, die Revolution zu machen. Ich hatte eben diese Kreuzung vor einer Kirche überquert, deren Namen ich vergessen habe oder nicht kenne. Plötzlich sehe ich ungefähr zehn Schritte entfernt von mir aus der Gegenrichtung kommend eine sehr ärmlich gekleidete junge Frau, die mich auch sieht oder gesehen hat. Im Gegensatz zu allen anderen Passanten geht sie mit erhobenem Kopf. So zart, dass sie beim Gehen kaum den Fuß aufsetzt. Ein unmerkliches Lächeln huscht vielleicht über ihr Gesicht. Sie ist seltsam geschminkt, wie jemand, der mit den Augen angefangen und nicht die Zeit gehabt hat, sich zu Ende zu schminken, aber der Rand der Augen so merkwürdig schwarz für eine Blonde; der Rand, keineswegs das Lid (einen solchen Glanz erhält und erhält man nur, wenn man den Stift nur unter dem Lid sorgfältig entlang führt. Es ist bei dieser Gelegenheit interessant zu bemerken, dass Blanche Derval in der Rolle von Solange sogar von ganz nahem überhaupt nicht geschminkt aussah. Soll das heißen, dass das, was auf der Straße nur sehr schwach erlaubt, aber auf der Bühne empfohlen wird, für mich nur so weit von Interesse ist, als es über das, was im einen Fall verboten, im anderen empfohlen wird, hinaus geht? Vielleicht.) Ich hatte nie sol-

Peut-être.) Je n'avais jamais vu de tels yeux. Sans hésitation j'adresse la parole à l'inconnue, tout en m'attendant, j'en conviens du reste, au pire. Elle sourit, mais très mystérieusement, et, dirai-je, comme *en connaissance de cause*, bien qu'alors je n'en puisse rien croire. Elle se rend, prétend-elle, chez un coiffeur du boulevard Magenta (je dis : prétend-elle, parce que sur l'instant j'en doute et qu'elle devait reconnaître par la suite qu'elle allait sans but aucun). Elle m'entretient bien avec une certaine insistance de difficultés d'argent qu'elle éprouve, mais ceci, semble-t-il, plutôt en manière d'excuse et pour expliquer l'assez grand dénuement de sa mise. Nous nous arrêtons à la terrasse d'un café proche de la gare du Nord. Je la regarde mieux. Que peut-il bien passer de si extraordinaire dans ces yeux ? Que s'y mire-t-il à la fois obscurément de détresse et lumineusement d'orgueil ? C'est aussi l'énigme que pose le début de confession que, sans m'en demander davantage, avec une confiance qui pourrait (ou bien qui ne pourrait ?) être mal placée elle me fait. A Lille, ville dont elle est originaire et qu'elle n'a quittée qu'il y a deux ou trois ans, elle a connu un étudiant qu'elle a peut-être aimé, et qui l'aimait. Un beau jour, elle s'est résolue à le quitter alors qu'il s'y attendait le moins, et cela «de peur de le gêner». C'est alors qu'elle est venue à Paris, d'où elle lui a écrit à des intervalles de plus en plus longs sans jamais lui donner son adresse. A près d'un an de là, cependant, elle l'a rencontré par hasard : tous deux ont été très surpris. Lui prenant les mains, il n'a pu s'empêcher de dire combien il la trouvait changée et, posant son regard sur ces mains, s'est étonné de les voir si soignées (elles ne le sont guère maintenant). Machinalement alors, à son tour, elle a regardé l'une des mains qui tenaient les siennes et n'a pu réprimer un cri en s'apercevant que les deux derniers doigts en
94 étaient inséparablement joints. «Mais tu t'es blessé !»
95 Il fallut absolument que le jeune homme lui montrât

che Augen gesehen. Ohne zu zögern spreche ich die Unbekannte an, wobei ich, wie ich zugebe, auf das Schlimmste gefasst bin. Sie lächelt, aber sehr geheimnisvoll und, würde ich sagen, als ob sie über die *Ursache Bescheid wüsste*, obwohl ich das nicht glauben kann. Sie gibt vor, zu einem Friseur am Boulevard Magenta zu gehen (ich sage: sie gibt vor, weil ich im selben Augenblick daran zweifle, und weil sie in der Folge auch zugeben musste, dass sie ohne bestimmtes Ziel umherschlenderte). Sie informiert mich mit einem gewissen Nachdruck über die Geldschwierigkeiten, unter denen sie leidet, aber das offenbar mehr im Sinn einer Entschuldigung und um die ziemlich auffällige Armseligkeit ihrer Kleidung zu erklären. Wir machen auf einer Caféterrasse nahe der Gare du Nord halt. Ich betrachte sie näher. Was kann sich so Außergewöhnliches in diesen Augen abspielen? Was spiegelt sich darin zugleich dunkel und leuchtend von Verzweiflung und Hochmut? Das ist auch das Geheimnis, das der Beginn des Bekenntnisses mit sich bringt, das sie mir ohne mehr von mir zu wollen, mit einem Vertrauen, das leicht (oder etwa nicht?) falsch angebracht sein könnte, ablegt. In Lille, der Stadt, aus der sie stammt und die sie erst vor zwei oder drei Jahren verlassen hat, hat sie einen Studenten gekannt, den sie vielleicht geliebt hat und der sie liebte. Eines schönen Tages hat sie sich entschlossen, ihn zu verlassen, als er es am wenigsten erwartete, «aus Angst, ihm lästig zu fallen». Da ist sie dann nach Paris gekommen, von wo sie ihm in immer längeren Abständen geschrieben hat, ohne ihm jemals ihre Adresse zu geben. Ungefähr ein Jahr später hat sie ihn aber zufällig getroffen: Beide waren sehr überrascht. Er nahm ihre Hände, konnte aber nicht umhin ihr zu sagen, wie sehr er sie verändert fand, und er war, während er seinen Blick auf ihren Händen ruhen ließ, erstaunt, sie so gepflegt zu finden (jetzt sind sie es kaum). Sie betrachtete ihrerseits unwillkürlich eine der Hände, die die ihren hielten, und konnte einen Schrei nicht unterdrücken, als sie bemerkte, dass die beiden letzten Finger untrennbar zusammengewachsen waren. «Aber du hast dich verletzt!» Der junge Mann konnte nicht umhin, er

son autre main, qui présentait la même malformation. Là-dessus, très émue, elle m'interroge longuement: «Est-ce possible? Avoir vécu si longtemps avec un être, avoir eu toutes les occasions possibles de l'observer, s'être attachée à découvrir ses moindres particularités physiques ou autres, pour enfin si mal le connaître, pour ne pas même s'être aperçue de *cela!* Vous croyez ... vous croyez que l'amour peut faire de ces choses? Et lui qui a été si fâché, que voulez-vous, je n'ai pu ensuite que me taire, ces mains ... Il a dit alors quelque chose que je ne comprends pas, où il y a un mot que je ne comprends pas, il a dit: ‹Gribouille! Je vais retourner an Alsace-Lorraine. Il n'y a que là que les femmes sachent aimer.› Pourquoi: Gribouille? Vous ne savez pas?» Comme on pense je réagis assez vivement: «N'importe. Mais je trouve odieuses ces généralités sur l'Alsace-Lorraine, à coup sûr cet individu était un bel idiot, etc. Alors il est parti, vous ne l'avez plus revu? Tant mieux.» Elle me dit son nom, celui qu'elle s'est choisi: «Nadja, parce qu'en russe c'est le commencement du mot espérance, et parce que ce n'en est que le commencement.» Elle vient seulement de songer à me demander qui je suis (au sens très restreint de ces mots). Je le lui dis.

(...) Sur le point de m'en aller, je veux lui poser une question qui résume toutes les autres, une question qu'il n'y a que moi pour poser, sans doute, mais qui, au moins une fois, a trouvé une réponse à sa hauteur: «Qui êtes-vous?» Et elle, sans hésiter: «Je suis l'âme errante.» Nous convenons de nous revoir le lendemain au bar qui fait l'angle de la rue Lafayette et du Faubourg-Poissonnière. Elle aimerait lire un ou deux livres de moi et y tiendra d'autant plus que sincèrement je mets en doute l'intérêt qu'elle peut y prendre. La vie est autre que ce qu'on écrit. Quelques instants encore elle me retient pour me dire ce qui la touche en moi. C'est, dans ma pensée, dans mon langage, dans

musste ihr die andere Hand zeigen, die dieselbe Missbildung aufwies. Sehr erregt fragt sie mich lange darüber aus: «Ist das möglich? So lang mit einem Wesen gelebt zu haben, alle nur möglichen Gelegenheiten gehabt zu haben, es zu beobachten, sich bemüht zu haben, seine geringsten physischen und anderen Besonderheiten zu entdecken, um ihn schließlich so schlecht zu kennen, dass man nicht einmal *das* bemerkt hat! Glauben Sie... glauben Sie, dass die Liebe so etwas fertigbringt? Und er, der so verärgert war, was wollen Sie, dass ich anschließend nur schweigen konnte, diese Hände... Er sagte dann etwas, was ich nicht verstehe, wo er ein Wort eingefügt hat, das ich nicht verstehe, er hat gesagt: ‹Dumme Gans! Ich werde nach Elsass-Lothringen zurückkehren. Nur dort wissen die Frauen, was Liebe ist.› Warum Dumme Gans? Wissen sie es etwa?» Wie man sich denken kann, reagiere ich ziemlich lebhaft: «Das ist gleichgültig. Aber ich finde diese Gemeinplätze über Elsass-Lothringen schauderhaft. Dieser Mensch war sicher ein schöner Idiot usf. Ist er also abgereist, haben Sie ihn nicht mehr gesehen? Um so besser!» Sie sagt mir ihren Namen, den, den sie sich ausgesucht hat: «Nadja, weil das auf Russisch der Beginn des Wortes Hoffnung ist, und weil es nur sein Anfang ist.» Jetzt erst denkt sie daran, mich zu fragen, wer ich bin (im engsten Sinn dieser Worte). Ich sage es ihr.

(...) Im Begriff zu gehen, will ich ihr eine Frage stellen, die alle anderen zusammenfasst, eine Frage, die nur ich stellen kann, zweifellos, aber die wenigstens einmal eine Antwort, die auf ihrer Höhe war, gefunden hat: «Wer sind Sie?» Und sie ohne zu zögern: «Ich bin die umherirrende Seele.» Wir kommen überein, uns am folgenden Tag an der Bar zu sehen, die sich an der Ecke Rue Lafayette und Faubourg Poissonnière befindet. Sie würde gern ein oder zwei Bücher von mir lesen und legt um so mehr Wert darauf, als ich aufrichtig an ihrem Interesse zweifle. Das Leben ist anders als das, das man aufschreibt. Einige Augenblicke hält sie mich noch zurück, um mir zu sagen, was sie an mir berührt. Das ist in meinem Denken, in meiner Sprache, in meiner ganzen Art

toute ma manière d'être, paraît-il, et c'est là un des compliments auxquels j'ai été de ma vie le plus sensible, la *simplicité.* (...)

6 octobre. – De manière à n'avoir pas trop à flâner je sors vers quatre heures dans l'intention de me rendre à pied à «la Nouvelle France» où je dois rejoindre Nadja à cinq heures et demie. Le temps d'un détour par les boulevards jusqu'à l'Opéra, où m'appelle une course brève. Contrairement à l'ordinaire, je choisis de suivre le trottoir droit de la rue de la Chaussée-d'Antin. Une des premières passantes que je m'apprête à croiser est Nadja, sous son aspect du premier jour. Elle s'avance comme si elle ne voulait pas me voir. Comme le premier jour, je reviens sur mes pas avec elle. Elle se montre assez incapable d'expliquer sa présence dans cette rue où, pour faire trêve à de plus longues questions, elle me dit être à la recherche de bonbons hollandais. Sans y penser, déjà nous avons fait demi-tour, nous entrons dans le premier café venu. Nadja observe envers moi certaines distances, se montre même soupçonneuse. C'est ainsi qu'elle retourne mon chapeau, sans doute pour y lire les initiales de la coiffe, bien qu'elle prétende le faire machinalement, par habitude de déterminer à leur insu la nationalité de certains hommes. Elle avoue qu'elle avait l'intention de manquer le rendez-vous dont nous avions convenu. J'ai observé en la rencontrant qu'elle tenait à la main l'exemplaire des *Pas perdus* que je lui ai prêté. Il est maintenant sur la table et, à en apercevoir la tranche, je remarque que quelques feuillets seulement en sont coupés. Voyons : ce sont ceux de l'article intitulé : «L'esprit nouveau», où est relatée précisément une rencontre frappante, faite un jour, à quelques minutes d'intervalle, par Louis Aragon, par André Derain et par moi. L'indécision dont chacun de nous avait fait preuve en la circonstance, l'embarras où quelques instants plus

mich zu geben, offenbar, und das ist eines der Komplimente, denen gegenüber ich in meinem Leben am empfänglichsten war, die *Einfachheit* (...)

6. Oktober – Um nicht zu lange umherzuschlendern, gehe ich um vier Uhr aus mit der Absicht, zu Fuß zur «Nouvelle France» zu gehen, wo ich Nadja um halbsechs treffen soll. Die Zeit reicht für einen Umweg über die Boulevards bis zur Oper, wo ich kurz etwas zu erledigen habe. Gegen meine Gewohnheit entschließe ich mich, auf dem rechten Gehsteig der Rue de la Chaussée D'Antin entlangzugehen.

Eine der ersten Passantinnen, deren Weg ich kreuze, ist Nadja, die so aussieht wie am ersten Tag. Sie geht vorwärts, als ob sie mich nicht sehen wolle. Wie am ersten Tag kehre ich mit ihr um. Sie ist nicht in der Lage, ihre Gegenwart in dieser Straße zu erklären, wo sie, wie sie mir, um längere Fragen abzuschneiden, sagt, auf der Suche nach holländischen Bonbons sei. Unwillkürlich haben wir kehrtgemacht und treten in das erste beste Café ein. Nadja gibt sich mir gegenüber abweisend, ja sogar misstrauisch. So dreht sie meinen Hut um, zweifellos, um dort die Initialen auf dem Futter zu lesen, obwohl sie behauptet, es mechanisch zu tun, aus der Gewohnheit, die Nationalität mancher Männer ohne ihr Wissen festzustellen. Sie gibt zu, dass sie die Absicht hatte, das Treffen, das wir verabredet hatten, zu versäumen. Ich habe, als ich sie traf, beobachtet, dass sie das Exemplar der *Pas perdus*, das ich ihr geliehen habe, in der Hand hielt. Es liegt nun auf dem Tisch, und als ich den Schnitt sehe, bemerke ich, dass nur einige Blätter aufgeschnitten sind. Sehen wir es uns einmal an:

das sind die des Artikels mit dem Titel «Der neue Geist», wo gerade von einer bemerkenswerten Begegnung berichtet wird, die eines Tages im Abstand von wenigen Minuten Louis Aragon, André Derain und ich hatten. Die Unentschlossenheit, die jeder von uns bei dieser Gelegenheit bewies; die Verlegenheit, in die uns einige Augenblicke später an demselben Tisch der Versuch

tard, à la même table, nous mit le souci de comprendre à quoi nous venions d'avoir affaire, l'irrésistible appel qui nous porta, Aragon et moi, à revenir aux points mêmes où nous était apparu ce véritable sphinx sous les traits d'une charmante jeune femme allant d'un trottoir à l'autre interroger les passants, ce sphinx qui nous avait épargnés l'un après l'autre et, à sa recherche, de *courir* le long de toutes les lignes qui, même très capricieusement, peuvent relier ces points – le manque de résultats de cette poursuite que le temps écoulé eût dû rendre sans espoir, c'est à cela qu'est allée tout de suite Nadja. Elle est étonnée et déçue du fait que le récit des courts événements de cette journée m'ait paru pouvoir se passer de commentaires. Elle me presse de m'expliquer sur le sens exact que je lui attribue tel quel et, puisque je l'ai publié, sur le degré d'objectivité que je lui prête. Je dois répondre que je n'en sais rien, que dans un tel domaine le droit de constater me paraît être tout ce qui est permis, que j'ai été la première victime de cet abus de confiance, si abus de confiance il y a, mais je vois bien qu'elle ne me tient pas quitte, je lis dans son regard l'impatience, puis la consternation. Peut-être s'imagine-t-elle que je mens : une assez grande gêne continue à régner entre nous. Comme elle parle de rentrer chez elle, j'offre de la reconduire. Elle donne au chauffeur l'adresse du Théâtre des Arts qui, me dit-elle, se trouve à quelques pas de la maison qu'elle habite. En chemin, elle me dévisage longuement, en silence. Puis ses yeux se ferment et s'ouvrent très vite comme lorsqu'on se trouve en présence de quelqu'un qu'on n'a plus vu depuis longtemps, ou qu'on ne s'attendait plus à revoir et comme pour signifier qu'on «ne les en croit pas». Une certaine lutte paraît aussi se poursuivre en elle, mais tout à coup elle s'abandonne, ferme tout à fait les yeux, offre ses
100 lèvres . . . Elle me parle maintenant de mon pouvoir
101 sur elle, de la faculté que j'ai de lui faire penser et faire

brachte, zu verstehen, womit wir es zu tun hatten; der unwiderstehliche Ruf, der Aragon und mich veranlasste, wieder zu den Stellen zurückzukehren, wo uns diese wahrhafte Sphinx in Gestalt einer reizenden jungen Frau erschienen war, die von einem Gehsteig zum anderen ging, um die Passanten zu befragen (diese Sphinx hatte uns beide nacheinander übergangen, und nun mussten wir auf der Suche nach ihr all den Linien entlanglaufen, die diese Punkte ihrerseits sehr launisch verbanden); die Ergebnislosigkeit dieser Verfolgung, die die verflossene Zeit noch hoffnungsloser machen musste: das ist es, worauf sich Nadja sofort gestürzt hat. Sie ist erstaunt und enttäuscht über die Tatsache, dass ich glaubte, der Bericht der kurzen Ereignisse dieses Tages könne auf Erklärungen verzichten.

Sie drängt mich, den genauen Sinn, den ich ihm beimesse, näher zu erklären, und da ich ihn veröffentlicht habe, den Grad an Objektivität, den ich ihm zubillige. Ich muss antworten, dass ich nichts darüber weiß, dass mir auf einem solchen Gebiet das Recht festzustellen alles zu sein scheint, was erlaubt ist; dass ich, wenn es einen Missbrauch von Vertrauen gibt, das erste Opfer dieses Vertrauensmissbrauchs war, aber ich sehe wohl, dass sie es mir nicht erlässt, ich lese in ihrem Blick Ungeduld, dann Bestürzung. Vielleicht glaubt sie, dass ich lüge: Eine ziemlich große Verlegenheit bleibt zwischen uns bestehen.

Da sie davon spricht, dass sie nach Hause zurückkehren wolle, biete ich an, sie heimzubringen. Sie nennt dem Fahrer die Adresse des Théâtre des Arts, das sich einige Schritte von dem Haus, wo sie wohnt, befinde. Unterwegs sieht sie mich lange schweigend an. Dann schließen sich ihre Augen und öffnen sich sehr schnell, wie wenn man sich jemand gegenüber befindet, den man lange nicht gesehen hat, und den man nicht mehr zu sehen erwartet, und wie um anzudeuten, dass man «seinen Augen nicht traut». Sie scheint mit sich zu kämpfen, doch plötzlich gibt sie auf, schließt die Augen ganz, hält mir ihre Lippen hin. Sie erzählt mir nun, welche Macht über sie ich besitze, von der Fähigkeit, die ich habe, sie denken und

ce que je veux, peut-être plus que je ne crois vouloir. Elle me supplie, par ce moyen, de ne rien entreprendre contre elle. Il lui semble qu'elle n'a jamais eu de secret pour moi, bien avant de me connaître. Une courte scène dialoguée, qui se trouve à la fin de «Poisson soluble», et qui paraît être tout ce qu'elle a lu du *Manifeste*, scène à laquelle, d'ailleurs, je n'ai jamais su attribuer de sens précis et dont les personnages me sont aussi étrangers, leur agitation aussi ininterprétable que possible, comme s'ils avaient été apportés et remportés par un flot de sable, lui donne l'impression d'y avoir participé vraiment et même d'y avoir joué le rôle, pour le moins obscur, d'Hélène*. Le lieu, l'atmosphère, les attitudes respectives des acteurs étaient bien ce que j'ai conçu. Elle voudrait me montrer «où cela se passait» : je propose que nous dînions ensemble. Une certaine confusion a dû s'établir dans son esprit car elle nous fait conduire, non dans l'île Saint-Louis, comme elle le croit, mais place Dauphine où se situe, chose curieuse, un autre épisode de «Poisson soluble» : «Un baiser est si vite oublié.» (Cette place Dauphine est bien un des lieux les plus profondément retirés que je connaisse, un des pires terrains vagues qui soient à Paris. Chaque fois que je m'y suis trouvé, j'ai senti m'abandonner peu à peu l'envie d'aller ailleurs, il m'a fallu argumenter avec moi-même pour me dégager d'une étreinte très douce, trop agréablement insistante et, à tout prendre, brisante. De plus, j'ai habité quelque

* Je n'ai connu personnellement aucune femme de ce nom, qui de tout temps m'a ennuyé et paru fade comme de tout temps celui de Solange m'a ravi. Pourtant, Mme Sacco, voyante, 3, rue des Usines, qui ne s'est jamais trompée à mon sujet, m'assurait, au début de cette année, que ma pensée était grandement occupée d'une «Hélène». Est-ce pourquoi, à quelque temps de là, je me suis si fort intéressé à tout ce qui concerne *Hélène Smith?* La conclusion à en tirer serait de l'ordre de celle que m'a imposée précédemment la fusion dans un rêve de deux images très éloignées l'une de l'autre. «Hélène, c'est moi», disait Nadja.

tun zu lassen, was ich will, vielleicht mehr als ich selbst meine, dass ich will. Sie fleht mich an, auf diese Weise nichts gegen sie zu unternehmen. Es scheint ihr, dass sie niemals ein Geheimnis vor mir hatte, lange bevor sie mich kannte. Eine kurze Dialogszene, die sich am Ende des *Poisson soluble* findet und die das einzige ist, was sie vom *Manifest* gelesen zu haben scheint, eine Szene, der ich übrigens nie einen genauen Sinn geben konnte – ihre Personen sind mir so fremd und ihre Bewegungen so wenig deutbar wie nur möglich, so als seien sie von einer Sanddüne herangetragen und wieder weggetragen – diese Szene vermittelt ihr den Eindruck, wirklich daran teilgenommen und sogar dort die zumindest dunkle Rolle der Helena gespielt zu haben.* Der Ort, die Atmosphäre, ja die jeweiligen Stellungen der Schauspieler waren wohl das, was ich erdacht hatte. Sie wollte mir zeigen «wo sich das abspielte», ich schlage vor, dass wir zusammen zu Abend essen. In ihrem Geist muss eine gewisse Verwirrung herrschen, denn sie lässt uns nicht auf die Ile Saint Louis, wie sie glaubt, sondern zur Place Dauphine fahren, wo sich seltsamerweise eine andere Episode des «Poisson soluble» abspielt: «Ein Kuss ist so schnell vergessen.» (Diese Place Dauphine ist einer der zurückgezogendsten Orte, die ich kenne, eines der schlimmsten *Terrain vagues*, die es in Paris gibt. Jedesmal, wenn ich mich dort befand, habe ich gespürt, wie mich nach und nach die Lust verließ, irgendwoanders hinzugehen; ich musste mit mir selbst kämpfen, um mich von einer sehr sanften, angenehm nachhaltigen Umarmung, die im Grunde erschöpfend war, freizumachen. Außerdem habe ich einige Zeit in einem Hotel

° Ich persönlich habe keine Frau diese Namens gekannt, der mich immer gelangweilt hat und mir so reizlos erschien, wie der Name Solange mich entzückte. Dennoch versicherte die Seherin Madame Sacco, Rue des Usines Nummer 3, die sich noch nie über mich getäuscht hat, zu Beginn dieses Jahres, dass mein Denken sehr mit einer «Hélène» beschäftigt sei. Habe ich mich etwa deswegen später so sehr für alles, was *Hélène Smith* betrifft, interessiert? Der Schluss, den ich daraus ziehen möchte, wäre in der Art dessen, den mir kürzlich die Vermischung zweier Bilder in einem Traum auferlegt hat, die sehr weit von einander entfernt waren. «Hélène, das bin ich», sagte Nadja.

temps un hôtel jouxtant cette place, «City Hôtel», où les allées et venues à toute heure, pour qui ne se satisfait pas de solutions trop simples, sont suspectes.) Le jour baisse. Afin d'être seuls, nous nous faisons servir dehors par le marchand de vins. Pour la première fois, durant le repas, Nadja se montre assez frivole. Un ivrogne ne cesse de rôder autour de notre table. Il prononce très haut des paroles incohérentes, sur le ton de la protestation. Parmi ces paroles reviennent sans cesse un ou deux mots obscènes sur lesquels il appuie. Sa femme, qui le surveille de sous les arbres, se borne à lui crier de temps à autre: «Allons, viens-tu?» J'essaie à plusieurs reprises de l'écarter, mais en vain. Comme arrive le dessert, Nadja commence à regarder autour d'elle. Elle est certaine que sous nos pieds passe un souterrain qui vient du Palais de justice (elle me montre de quel endroit du Palais, un peu à droite du perron blanc) et contourne l'hôtel Henri IV. Elle se trouble à l'idée de ce qui s'est déjà passé sur cette place et de ce qui s'y passera encore. Où ne se perdent en ce moment dans l'ombre que deux ou trois couples, elle semble voir une foule. «Et les morts, les morts!» L'ivrogne continue à plaisanter lugubrement. Le regard de Nadja fait maintenant le tour des maisons. «Vois-tu, là-bas, cette fenêtre? Elle est noire, comme toutes les autres. Regarde bien. Dans une minute elle va s'éclairer. Elle sera rouge.» La minute passe. La fenêtre s'éclaire. Il y a, en effet, des rideaux rouges. (Je regrette, mais je n'y puis rien, que ceci passe peut-être les limites de la crédibilité. Cependant, à pareil sujet, je m'en voudrais de prendre parti: je me borne à *convenir* que de noire, cette fenêtre est alors devenue rouge, c'est tout.) J'avoue qu'ici la peur me prend, comme aussi elle commence à prendre Nadja. «Quelle horreur! Vois-tu ce qui passe dans les arbres?
104 Le bleu et le vent, le vent bleu. Une seule autre fois j'ai
105 vu sur ces mêmes arbres passer ce vent bleu. C'était

neben diesem Platz gewohnt, dem «City Hotel», wo das Gehen und Kommen zu jeder Stunde für den, der sich nicht mit ganz einfachen Lösungen begnügt, verdächtig ist.) Der Tag geht zu Ende. Um allein zu sein, lassen wir uns den Wein nach draußen bringen. Während der Mahlzeit zeigt sich Nadja zum ersten Mal ziemlich leichtsinnig. Ein Betrunkener hört nicht auf, um unseren Tisch zu streichen. Er stößt in anklagendem Tonfall sehr laut unzusammenhängende Worte hervor. Dabei kehren unaufhörlich ein oder zwei anstößige Wörter wieder, die er besonders betont. Seine Frau, die ihn unter den Bäumen hervor überwacht, begnügt sich damit, ihm von Zeit zu Zeit zuzurufen: «Also, kommst Du?» Ich versuche mehrmals, ihn wegzuschicken, aber vergebens. Als der Nachtisch kommt, beginnt Nadja, um sich zu sehen. Sie ist davon überzeugt, dass sich unter unseren Füßen ein unterirdischer Gang hinzieht, der vom Justizpalast kommt (sie zeigt, von welcher Stelle des Palastes, ein wenig rechts von der weißen Freitreppe) und um das Hotel Henri IV herumgeht. Sie ist beunruhigt bei der Vorstellung, was sich schon alles auf diesem Platz abgespielt hat und was sich dort noch abspielen wird. Wo sich jetzt im Schatten nur zwei oder drei Paare verlieren, scheint sie eine Menschenmenge zu sehen. «Und die Toten! die Toten!» Der Betrunkene macht weiterhin üble Späße. Der Blick von Nadja schweift jetzt über die Häuser. «Siehst du, dort hinten, dieses Fenster? Es ist schwarz wie alle anderen. sieh gut hin. In einer Minute wird es hell werden. Es wird rot sein.» Die Minute verstreicht. Das Fenster erhellt sich. Es hat tatsächlich rote Vorhänge. (Ich bedaure, aber ich kann nichts dafür, dass das vielleicht die Grenzen des Glaubwürdigen überschreitet. Dennoch würde ich mir angesichts dieses Themas Vorwürfe machen, wenn ich eine Stellungsnahme abgäbe: ich begnüge mich damit *zuzugeben*, dass das Fenster, das zuerst schwarz war, rot geworden ist, das ist alles.) Ich gebe zu, dass mich hier Angst ergreift wie Nadja übrigens auch. «Wie schrecklich! Siehst du, was sich in den Bäumen abspielt? Das Blau und der Wind, der blaue Wind. Ein einziges Mal habe ich früher über diese gleichen Bäume den blauen Wind streichen

là, d'une fenêtre de l'Hôtel Henri VI*, et mon ami, le second dont je t'ai parlé, allait partir. Il y avait aussi une voix qui disait: Tu mourras, tu mourras. Je ne voulais pas mourir mais j'éprouvais un tel vertige ... Je serais certainement tombée si l'on ne m'avait retenue.» Je crois qu'il est grand temps de quitter ces lieux. Le long des quais, je la sens toute tremblante. C'est elle qui a voulu revenir vers la Conciergerie. Elle est très abandonnée, très sûre de moi. Pourtant elle cherche quelque chose, elle tient absolument à ce que nous entrions dans une cour, une cour de commissariat quelconque qu'elle explore rapidement. «Ce n'est pas là ... Mais, dis-moi, pourquoi dois-tu aller en prison? Qu'auras-tu fait? Moi aussi j'ai été en prison. Qui étais-je? Il y a des siècles. Et toi, alors, qui étais-tu?» Nous longeons de nouveau la grille quand tout à coup Nadja refuse d'aller plus loin. Il y a là, à droite, une fenêtre en contrebas qui donne sur le fossé, de la vue de laquelle il ne lui est plus possible de se détacher. C'est devant cette fenêtre qui a l'air condamnée qu'il faut absolument attendre, elle le sait. C'est de là que tout peut venir. C'est là que tout commence. Elle tient des deux mains la grille pour que je ne l'entraîne pas. Elle ne répond presque plus à mes questions. De guerre lasse, je finis par attendre que de son propre gré elle poursuive sa route. La pensée du souterrain ne l'a pas quittée et sans doute se croit-elle à l'une de ses issues. Elle se demande qui elle a pu être, dans l'entourage de Marie-Antoinette. Les pas des promeneurs la font longuement tressaillir. Je m'inquiète, et, lui détachant les mains l'une après l'autre, je finis par la contraindre à me suivre. Plus d'une demiheure s'est ainsi passée. Le pont traversé, nous nous dirigeons vers le Louvre. Nadja ne cesse d'être distraite. Pour la ramener à moi, je lui dis un poème de Baudelaire, mais les inflexions de ma voix

* Lequel fait face à la maison dont il vient d'être question, ceci toujours pour les amateurs de solutions faciles.

sehen. Es war dort, von einem Fenster des Hotel Henri IV* aus, und mein Freund, der zweite, von dem ich Dir erzählt habe, war im Begriff abzureisen. Es gab auch eine Stimme, die sagte: Du wirst sterben, du wirst sterben. Ich wollte nicht sterben, aber ich empfand einen derartigen Schwindel ... Ich wäre bestimmt hinuntergefallen, wenn man mich nicht gehalten hätte.» Ich glaube, es ist höchste Zeit, diesen Ort zu verlassen. An den Quais entlang fühle ich, dass sie durch und durch zittert. Sie war diejenige, die zur Conciergerie zurückkommen wollte. Sie ist sehr hingegeben, meiner sehr sicher. Dennoch sucht sie etwas, sie will unbedingt, dass wir in einen Hof eintreten, den Hof irgendeiner Polizeiwache, den sie rasch prüft. «Es ist nicht da... Aber sage mir, warum musst du ins Gefängnis? Was hast du denn getan? Ich war auch schon im Gefängnis. Wer war ich? Das ist Jahrhunderte her. Und du, wer warst du damals?» Wir gehen wieder am Gitter entlang, als sich Nadja plötzlich weigert, weiterzugehen. Rechts ist ein tiefer gelegenes Fenster, das auf einen Graben hinausgeht, von dessen Anblick sie sich nicht mehr losreißen kann. Vor diesem Fenster, das vermauert zu sein scheint, müssen wir, wie sie erklärt, unbedingt warten. Von dort kann alles kommen. Dort beginnt alles. Sie hält sich mit beiden Händen am Gitter, damit ich sie nicht wegziehe. Sie antwortet beinahe nicht mehr auf meine Fragen. Des Streites müde warte ich schließlich, dass sie von selbst ihren Weg weitergeht. Der Gedanke an den unterirdischen Bau hat sie nicht verlassen, und sicher glaubt sie, an einem seiner Ausgänge zu sein. Sie fragt sich, wer sie in der Umgebung von Marie-Antoinette hätte sein können. Die Schritte der Spaziergänger lassen sie lange erzittern. Ich werde unruhig, und indem ich ihr die Hände eine nach der anderen losmache, zwinge ich sie schließlich, mir zu folgen. Mehr als eine halbe Stunde ist so vergangen. Nachdem die Brücke überquert ist, gehen wir Richtung Louvre weiter. Nadja hört nicht auf, zerstreut zu sein. um sie zu mir zurückzuführen, sage ich ihr ein Gedicht von Baudelaire auf, aber der Tonfall meiner

* das dem Haus, von dem eben die Rede war, gegenüberliegt, dies sei nur denen gesagt, die bequeme Lösungen lieben.

lui causent une nouvelle frayeur, aggravée du souvenir qu'elle garde du baiser de tout à l'heure: «un baiser dans lequel il y a une menace.» Elle s'arrête encore, s'accoude à la rampe de pierre d'où son regard et le mien plongent dans le fleuve à cette heure étincelant de lumières: «Cette main, cette main sur la Seine, pourquoi cette main qui flambe sur l'eau? C'est vrai que le feu et l'eau sont la même chose. Mais que veut dire cette main? Comment l'interprètes-tu? Laisse-moi donc voir cette main. Pourquoi veux-tu que nous nous en allions? Que crains-tu? Tu me crois très malade, n'est-ce pas? Je ne suis pas malade. Mais qu'est-ce que cela veut dire pour toi: le feu sur l'eau, une main de feu sur l'eau? (Plaisantant:) Bien sûr ce n'est pas la fortune: le feu et l'eau, c'est la même chose; le feu et l'or c'est tout différent.» Vers minuit, nous voici aux Tuileries, où elle souhaite que nous nous asseyions un moment. Devant nous fuse un jet d'eau dont elle paraît suivre la courbe. «Ce sont tes pensées et les miennes. Vois d'où elles partent toutes, jusqu'où elles s'élèvent et comme c'est encore plus joli quand elles retombent. Et puis aussitôt elles se fondent, elles sont reprises avec la même force, de nouveau c'est cet élancement brisé, cette chute... et comme cela indéfiniment.» Je m'écrie: «Mais, Nadja, comme c'est étrange! Où prends-tu justement cette image qui se trouve exprimée presque sous la même forme dans un ouvrage que tu ne peux connaître et que je viens de lire?» (Et je suis amené à lui expliquer qu'elle fait l'objet d'une vignette, en tête de troisième des *Dialogues entre Hylas et Philonous*, de Berkeley, dans l'édition de 1750, où elle est accompagnée de la légende: *«Urget aquas vis sursum eadem flectit que deorsum»*, qui prend à la fin du livre, au point de vue de la défense de l'attitude idéaliste, une signification capitale.) Mais elle ne m'écoute pas, tout attentive qu'elle est au manège d'un homme qui passe à plusieurs reprises devant nous et qu'elle croit connaître,

Stimme verursacht ihr neuen Schrecken, der stärker wird durch die Erinnerung an den Kuss, den ich ihr vorhin gegeben habe: «Ein Kuss, in dem eine Drohung liegt.» Sie bleibt wieder stehen, gestützt auf das Steingeländer, von dem aus unser beider Blicke in den Fluss tauchen, der um diese Stunde von Lichtern glänzt: «Diese Hand, diese Hand über der Seine, warum diese Hand, die über dem Wasser glüht? Es ist wahr, das Feuer und das Wasser sind dasselbe. Aber was soll diese Hand bedeuten? Was ist deine Erklärung dafür? Lass mich doch diese Hand sehen. Warum willst du, dass wir weggehen? Was fürchtest du? Du glaubst, dass ich sehr krank bin, nicht wahr? Ich bin nicht krank. Aber was will das für dich heißen: Das Feuer über dem Wasser, eine Hand aus Feuer über dem Wasser? (Scherzend:) Wohlgemerkt, das ist nicht das Schicksal: Feuer und Wasser, das ist dieselbe Sache; Feuer und Gold, das ist etwas ganz Verschiedenes.» Gegen Mitternacht sind wir an den Tuilerien, wo wir uns, wie sie wünscht, einen Augenblick hinsetzen. Vor uns steigt ein Wasserstrahl auf, dessen Kurve sie zu verfolgen scheint. «Das sind deine Gedanken und die meinen: Sieh, wovon sie alle ausgehen, bis wohin sie sich erheben, und wieviel hübscher es noch ist, wenn sie wieder zurückfallen. Und dann verschmelzen sie alsbald, werden mit derselben Kraft zurückgenommen, und nun von neuem dieses gebrochene Aufsteigen, dieses Fallen und so endlos weiter.» Ich rufe aus: «Aber Nadja, wie seltsam ist das. Woher nimmst du gerade dieses Bild, das beinahe auf die gleiche Weise in einem Buch ausgedrückt wird, das du nicht kennen kannst und das ich eben gelesen habe?» (Es drängt mich, ihr zu erklären, dass es sich auf dem Titelkupfer des dritten *Dialogs zwischen Hylas und Philonous* von Berkeley in der Ausgabe von 1750 befindet, wo es die Unterschrift trägt: *«Dieselbe Kraft treibt das Wasser aufwärts, die es auch hinabfallen lässt»*, ein Spruch, der am Ende des Buches unter dem Gesichtspunkt, dass er eine idealistische Haltung verteidigt, eine wesentliche Bedeutung gewinnt.) Aber sie hört mir nicht zu, da sie aufmerksam das Verhalten eines Mannes, der wiederholt an uns vorbeigeht, beobachtet, sie glaubt ihn zu kennen, denn es ist nicht zum ersten Mal, dass sie sich um

car ce n'est pas la première fois qu'elle se trouve à pareille heure dans ce jardin. Cet homme, si c'est lui, s'est offert à l'épouser. Cela la fait penser à sa petite fille, une enfant dont elle m'appris avec tant de précautions l'existence, et qu'elle adore, surtout parce qu'elle est si peu comme les autres enfants, «avec cette idée de toujours enlever les yeux des poupées pour voir ce qu'*il y a* derrière ces yeux». Elle sait qu'elle attire toujours les enfants: où qu'elle soit, ils ont tendance à se grouper autour d'elle, à venir lui sourire. Elle parle maintenant comme pour elle seule, tout ce qu'elle dit ne m'intéresse plus également, elle a la tête tournée du côte opposé au mien, je commence à être las. Mais, sans que j'aie donné aucun signe d'impatience: «Un point, c'est tout. J'ai senti tout à coup que j'allais te faire de la peine. (Se retournant vers moi:) C'est fini.» Au sortir du jardin, nos pas nous conduisent rue Saint-Honoré, à un bar, qui n'a pas baissé ses lumières. Elle souligne que nous sommes venus de la place Dauphine au «Dauphin». (Au jeu de l'analogie, dans la catégorie animale j'ai souvent été identifié au dauphin.) Mais Nadja s'alarme à la vue d'une bande de mosaïque qui se prolonge du comptoir sur le sol et nous devons partir presque aussitôt. (...)

Nadja a inventé pour moi une fleur merveilleuse: «la Fleur des amants». C'est au cours d'un déjeuner à la campagne que cette fleur lui apparut et que je la vis avec une grande inhabileté essayer de la reproduire. Elle y revint à plusieurs reprises par la suite pour en améliorer le dessin et donner aux deux regards une expression différente. C'est essentiellement sous ce signe que doit être placé le temps que nous passâmes ensemble et il demeure le symbole graphique qui a donné à Nadja la clef de tous les autres. Plusieures fois elle a tenté de faire mon portrait les cheveux
110 dressés, comme aspirés par le vent d'en haut, tout
111 pareils à de longues flammes. Ces flammes formaient

diese Tageszeit in diesem Garten befindet. Der Mann, wenn er es ist, hat ihr angeboten, sie zu heiraten. Das lässt sie an ihre kleine Tochter denken, ein Kind, dessen Vorhandensein sie mir ganz vorsichtig mitgeteilt hat und das sie abgöttisch liebt, vor allem, weil es so anders ist als andere Kinder «mit diesem Wunsch, den Puppen immer die Augen auszureißen, um zu sehen, was sich dahinter *befindet.*» Sie weiß, dass sie immer Kinder anzieht: wo sie sich auch befindet, haben sie die Neigung, sich um sie zu scharen, ihr zuzulächeln. Sie spricht jetzt wie zu sich selbst, mich interessiert das, was sie sagt, nicht mehr gleichermaßen, sie hat den Kopf zur anderen Seite gedreht, ich beginne, müde zu werden. Aber ohne, dass ich ihr das geringste Zeichen von Ungeduld gegeben hätte: «Schluss, das ist alles. Ich habe plötzlich gefühlt, dass ich dich quäle (sich zu mir kehrend) das ist vorbei.» Als wir aus dem Garten herausgehen, führen uns unsere Schritte in die Rue Saint Honoré, in eine Bar, die ihre Lichter noch nicht ausgeschaltet hat. Nadja betont, dass wir von der Place Dauphine zum «Dauphin» gekommen seien. (Bei dem Spiel, das darin besteht, Entsprechungen einer Person zu diesem oder jenem Tier zu suchen, bin ich oft mit dem Delphin verglichen worden.) Aber Nadja regt sich beim Anblick eines Mosaikstreifens auf, der sich von der Theke über den Boden fortsetzt, und wir müssen beinahe sofort aufbrechen. (...)

Nadja hat für mich eine wunderbare Blume erfunden: «Die Blume der Liebenden». Diese Blume entdeckte sie während eines Picknicks auf dem Land, und ich sah zu, wie sie mit großer Ungeschicklichkeit versuchte, sie darzustellen. Später kam sie mehrere Male darauf zurück, um die Zeichnung zu verbessern und den beiden Augenpaaren einen unterschiedlichen Ausdruck zu geben. Die Zeit, die wir zusammen verbrachten, muss vor allem unter diesem Zeichen gesehen werden, und es bleibt das graphische Symbol, das Nadja den Schlüssel zu allen anderen gab. Mehrmals hat sie versucht, mein Porträt mit gesträubten Haaren, die wie durch den Wind von oben angezogen werden und hohen Flammen gleichen, zu zeichnen. Diese Flammen bildeten auch den Rumpf

aussi le ventre d'un aigle dont les lourdes ailes tombaient de part et d'autre de ma tête. A la suite d'une remarque inopportune que je lui avais faite sur un de ces derniers dessins, et sans doute le meilleur, elle en découpa malheureusement toute la partie inférieure, de beaucoup la plus insolite. Le dessin, daté du 18 novembre 1926, comporte un portrait symbolique d'elle et de moi : la sirène, sous la forme de laquelle elle se voyait toujours de dos et sous cet angle, tient à la main un rouleau de papier ; le monstre aux yeux fulgurants surgit d'une sorte de vase à tête d'aigle, rempli de plumes qui figurent les idées. «Le rêve du chat», représentant l'animal debout qui cherche à s'échapper sans s'apercevoir qu'il est retenu au sol par un poids et suspendu au moyen d'une corde qui est aussi la mèche démesurément grossie d'une lampe renversée, reste pour moi plus obscur : c'est un découpage hâtif d'après une apparition. Découpage également, mais en deux parties, de manière à pouvoir varier l'inclinaison de la tête, l'ensemble constitué par un visage de femme et une main. «Le salut du Diable», comme «le rêve du chat», rend compte d'une apparition. Le dessin en forme de casque ainsi qu'un autre dessin ayant pour titre : «Un personnage nuageux», qui se prêterait mal à la reproduction, sont d'une autre veine : ils répondent au goût de chercher dans les ramages d'une étoffe, dans les nœuds du bois, dans les lézardes des vieux murs, des silhouettes qu'on parvient aisément à y voir. Dans celui-ci on distingue sans peine le visage du Diable, une tête de femme dont un oiseau vient becqueter les lèvres, la chevelure, le torse et la queue d'une sirène vue de dos, une tête d'éléphant, une otarie, le visage d'une autre femme, un serpent, plusieurs autres serpents, un cœur, une sorte de tête de bœuf ou de buffle, les branches de l'arbre du bien et du mal et une vingtaine
112 d'autres éléments que la reproduction laisse un peu de
113 côté mais qui en font un vrai bouclier d'Achille. Il

eines Adlers, dessen schwere Flügel zu beiden Seiten meines Kopfes herabfielen. Auf eine unpassende Bemerkung hin, die ich über eine ihrer letzten Zeichnungen, zweifellos der besten, gemacht habe, schnitt sie unglücklicherweise den ganzen unteren Teil ab, den bei weitem seltsamsten. Die Zeichnung, vom 18. November 1926 datiert, enthält ein symbolisches Porträt von uns beiden: die Nixe, in deren Gestalt sie sich immer von hinten sah, hält eine Papierrolle in der Hand; das Ungeheuer mit glühenden Augen taucht aus einer Art Gefäß mit Adlerkopf auf, angefüllt mit Federn, die die Ideen darstellen sollen.

«Der Traum der Katze zeigt ein aufgerichtetes Tier, das zu entkommen versucht, ohne zu merken, dass es von einem Gewicht am Boden festgehalten wird und zugleich mit einem Strick aufgehängt ist, der auch der übermäßig große Docht einer umgekippten Lampe ist; dieses Bild bleibt für mich dunkler: es ist ein nach einer Erscheinung hastig gemachter Scherenschnitt. Ebenfalls ein Scherenschnitt, aber in zwei Teilen, so dass man die Neigung des Kopfes verändern kann, ist die Verbindung, die aus dem Gesicht einer Frau und einer Hand besteht. «Der Gruß des Teufels» berichtet wie «der Traum der Katze» von einer Erscheinung. Die Zeichnung in Form eines Helms sowie eine andere Zeichnung, die den Titel hat «Eine wolkenhafte Person» und zur Widergabe schlecht geeignet wäre, entstammen einer anderen Eingebung: sie entsprechen der Neigung, im Muster eines Stoffes, in den Astlöchern des Holzes, in den Rissen alter Mauern Bilder zu suchen, die man leicht dort finden kann.

In dieser letzten Zeichnung unterscheidet man ohne Schwierigkeiten das Gesicht des Teufels, einen Frauenkopf, dessen Lippen ein Vogel schnäbelt, Haar, Torso und Schwanz einer Sirene in Rückenansicht, einen Elefantenkopf, einen Seelöwen, das Gesicht einer anderen Frau, eine Schlange, mehrere andere Schlangen, ein Herz, eine Art Ochsen- oder Büffelkopf, die Zweige des Baums der Erkenntnis und zwanzig andere Elemente, die in der Darstellung weniger deutlich sind, die aber einen wahren Achillesschild

y a lieu d'insister sur la présence de deux cornes d'animal, vers le bord supérieur droit, présence que Nadja elle-même ne s'expliquait pas car elles se présentaient à elle toujours ainsi, et comme si ce à quoi elles se rattachaient était de nature à masquer obstinément le visage de la sirène (c'est particulièrement sensible sur le dessin qui se trouve au dos de la carte postale). Quelques jours plus tard, en effet, Nadja, étant venue chez moi, a *reconnu* ces cornes pour être celles d'un grand masque de Guinée, qui a naguère appartenu à Henri Matisse et que j'ai toujours aimé et redouté en raison de son cimier monumental évoquant un signal de chemin de fer, mais qu'elle ne pouvait voir comme elle le voyait *que de l'intérieur de la bibliothèque.* Par la même occasion elle a reconnu dans un tableau de Braque *(Le Joueur de Guitare)* le clou et la corde extérieurs au personnage qui m'ont toujours intrigué et dans le tableau triangulaire de Chirico (*l'Angoissant Voyage* ou *l'Enigme de la Fatalité*) la fameuse main de feu. Un masque conique, en moelle de sureau rouge et roseaux, de Nouvelle-Bretagne, l'a fait s'écrier : «Tiens, Chimène !», une petite statue de cacique assis lui est apparue plus menaçante que les autres ; elle s'est longuement expliquée sur le sens particulièrement difficile d'un tableau de Max Ernst (*Mais les hommes n'en sauront rien*), et cela tout à fait conformément à la légende détaillée qui figure au dos de la toile ; un autre fétiche dont je me suis défait était pour elle le dieu de la médisance ; un autre, de l'île de Pâques, qui est le premier objet sauvage que j'aie possédé, lui disait : «Je t'aime, je t'aime.» Nadja s'est aussi maintes fois représentée sous les traits de Mélusine qui, de toutes les personnalités mythiques, est celle dont elle paraît bien s'être sentie le plus près. Je l'ai même vue chercher à transporter autant que possible cette ressemblance dans la vie réelle, en obtenant à tout prix de son coiffeur qu'il distribuât ses cheveux en cinq touffes bien distinctes, de

daraus machen. Man muss darauf aufmerksam machen, dass sich zwei Tierhörner am rechten oberen Bildrand befinden, was Nadja sich nicht erklären konnte, denn sie stellten sich ihr immer so dar, und so, als ob das, womit sie zusammenhingen, hartnäckig das Gesicht der Sirene verdecke (das ist immer besonders spürbar auf der Zeichnung, die sich auf der Rückseite der Postkarte befindet). Einige Tage später hat Nadja, die zu mir gekommen war, tatsächlich diese Hörner als die einer großen Maske aus Guinea *wiedererkannt,* die einst Henri Matisse gehört hat und die ich immer geliebt und gefürchtet habe wegen ihres riesigen Helmbusches, der an ein Eisenbahnsignal erinnert, die sie aber so, wie sie sie darstellte, nur *vom Innern der Bibliothek aus erblicken konnte.* Bei derselben Gelegenheit hat sie auf einem Bild von Braque (*dem Gitarrenspieler*) den Nagel und die Schnur, die außerhalb der Person sind und die mich immer beunruhigt haben, und auf dem dreieckigen Gemälde von Chirico (*Die angstvolle Reise* oder *Das Rätsel des Unglücks*) die berühmte Feuerhand erkannt.

Eine spitz zulaufende Maske aus rotem Hollunder und Schilfrohr aus Neu-England hat sie zu dem Ausruf veranlasst: «Schau mal, Chimène!» Eine kleine Statue eines sitzenden Indianerhäuptlings ist ihr drohender erschienen als die anderen; sie hat lange Erklärungen abgegeben über den besonders schwer verständlichen Sinn eines Gemäldes von Max Ernst (*Aber die Menschen werden nichts davon wissen*), und die entsprachen ganz der ausführlichen Beschreibung, die auf der Rückseite des Bildes angebracht ist; ein anderer Fetisch, den ich inzwischen verkauft habe, war für sie der Gott der Lästerung; ein anderer, von der Osterinsel, der erste primitive Gegenstand, den ich besaß, sagte zu ihr: «Ich liebe dich, ich liebe dich!» Nadja hat sich auch viele Male mit den Zügen von Melusine dargestellt, die von allen Sagen-Gestalten die ist, der sie sich am nächsten gefühlt hat. Ich habe selbst gesehen, wie sie diese Ähnlichkeit, so gut sie konnte, in die Wirklichkeit übertrug; sie zahlte ihrem Friseur jeden Preis, damit er ihre Haare in fünf sich deutlich voneinander abhebende Stränge verteilte, so

manière à laisser une étoile au sommet du front. Ils devaient en outre être tournés pour finir en avant des oreilles en cornes de bélier, l'enroulement de ces cornes étant aussi un des motifs auxquels elle se rapportait le plus souvent. Elle s'est plu à se figurer sous l'apparence d'un papillon dont le corps serait formé par une lampe «Mazda» (Nadja) vers lequel se dresserait un serpent charmé (et depuis je n'ai pu voir sans trouble cligner l'affiche lumineuse de «Mazda» sur les grands boulevards, qui occupe presque toute la façade de l'ancien théâtre du «Vaudeville», où précisément deux béliers mobiles s'affrontent, dans une lumière d'arc-en-ciel). Mais les derniers dessins, alors inachevés, que m'a montrés Nadja lors de notre dernière rencontre, et qui ont dû disparaître dans la tourmente qui l'a emportée, témoignaient d'une tout autre science. (Avant notre rencontre elle n'avait jamais dessiné.) Là, sur une table, devant un livre ouvert, une cigarette posée sur un cendrier, qui laisse échapper insidieusement un serpent de fumée, une mappemonde sectionnée pour pouvoir contenir des lis, entre les mains d'une femme très belle, tout était vraiment disposé pour permettre la descente de ce qu'elle appelait *le réflecteur humain*, tenu hors de portée par des serres, et dont elle disait qu'il est «le meilleur de tout».

dass oben an ihrer Stirn ein Stern war. Außerdem mussten sie so gedreht werden, dass sie vor den Ohren in Widderhörnern endeten; das Aufrollen dieser Hörner war auch eines der Motive, auf die sie sich am häufigsten bezog. Sie stellte sich gerne als ein Schmetterling dar, dessen Körper von einer «Mazda»-(Nadja)-Lampe gebildet wurde; zu ihm richtete sich eine verzauberte Schlange auf. (Seitdem habe ich nicht ohne Verwirrung die Lichtreklame «Mazda» auf den Boulevards sehen können, die beinahe die ganze Fassade des alten Théâtre des Vaudeville einnimmt, wo eben zwei bewegliche Widder einander in einem regenbogenfarbenen Licht gegenüberstehen.) Aber die letzten unvollendet gebliebenen Zeichnungen, die mir Nadja bei unserem letzten Treffen gezeigt hat, und die in dem Wirrwarr, der sie entführte, verlorengegangen sein müssen, zeugen von einem ganz anderen Wissen. (Vor unserer Begegnung hatte sie nie gezeichnet.) Dort, auf einem Tisch, vor einem offenen Buch, eine Zigarette, die auf einen Aschenbecher gelegt ist und hinterlistig eine Rauchschlange entweichen lässt; in den Händen einer sehr schönen Frau eine Weltkarte, unterteilt, um Lilien zu fassen; alles wirklich angeordnet, um das Herabkommen dessen möglich zu machen, was sie den *Widerspiegler des Menschen* nannte; durch Krallen wurde es außerhalb der Reichweite gehalten, und sie sagte von ihm, es sei «das beste von allem».

André Breton/Paul Eluard:
La vie intra-utérine (de: L'immaculée conception)

[N'être rien. De toutes les façons qu'a le tournesol d'aimer la lumière, le regret est la plus belle ombre sur le cadran solaire.] Os croisés, mots croisés, des volumes et des volumes d'ignorance et de savoir. Par où faut-il commencer? Le poisson naît d'une épine, la guenon d'une noix. L'ombre de Christophe Colomb tourne elle-même sur la Terre de Feu, elle n'est pas plus difficile que l'œuf.

[Une grande assurance – et *grande* sans terme de comparaison – permet au revenant de nier la réalité des formes qui l'enchaînent.] Mais nous n'en sommes pas encore là. Les gestes interdits des statuts dans le moule ont donné ces figures imparfaites et revenantes: les Vénus dont les mains absentes caressent les cheveux des poètes.

[D'une rive à l'autre, les lavandières se jettent le nom d'un personnage fantastique qui parcourt la terre en simulant la haine pour tout ce qu'il embrasse.] Leurs chansons sont tout ce qui me transporte et qui est pourtant transporté, comme les pigeons-voyageurs photographes prennent sans le vouloir des vues du camp ennemi. [Leurs yeux sont moins loin de moi que le vautour de sa proie. J'ai compris que le visage de la femme ne se montre pas que dans le sommeil.] Il est dans l'éblouissement, parmi les herbes régulières des cieux. Du dedans comme du dehors, il est la perle qui vaut mille fois la mort du plongeur. Du dehors, il est la fronde admirable, du dedans il est l'oiseau. [Les ronces le déchirent et les mûres le tachent de noir, mais il accorde aux buissons la source singulière de son bouillonnement de lumière. On ne peut savoir ce qu'il est devenu depuis que je l'ai découvert.]

La biche entre deux bonds aime me regarder. Je lui

André Breton / Paul Eluard:
Das intra-uterine Leben (aus: Die unbefleckte Empfängnis)

[Nichts sein. Von allen Arten der Sonnenblume, das Licht zu lieben, ist das Bedauern der schönste Schatten auf der Sonnenuhr.] Gekreuzte Knochen, gekreuzte Worte, Bände und Bände voller Unwissen und Wissen. Womit soll man anfangen? Der Fisch wird aus einem Dorn geboren, die Meerkatze aus einer Nuss. Der Schatten von Christoph Columbus dreht sich selbst um Feuerland, er ist nicht beschwerlicher als das Ei.

[Eine große Sicherheit – so *groß*, daß es keinen Vergleich gibt – erlaubt dem Geist, die Wirklichkeit der Formen zu leugnen, die ihn einengen.] Aber so weit sind wir noch nicht. Die verbotenen Gesten der Standbilder in der Gußform haben diese unvollkommenen und immer wiederkehrenden Figuren ergeben: Aphroditen, deren abwesende Hände die Haare der Dichter streicheln.

[Von einem Ufer zum anderen werfen sich die Wäscherinnen den Namen eines phantastischen Unbekannten zu, der die Erde durchwandert und dabei vorgibt, alles zu hassen, was er umarmt.] Ihre Lieder begeistern mich und sind zugleich selbst begeistert, wie die photographierenden Brieftauben, die, ohne es zu wollen, Aufnahmen vom feindlichen Lager machen. [Ihre Augen sind weniger weit entfernt von mir als ein Geier von seiner Beute. Ich habe begriffen, dass die Frau nur im Schlaf ihr Gesicht zeigt.] Es lebt im Flimmern der regelmässigen Himmelsgräser. Von innen wie von außen ist es die Perle, die tausendfach den Tod eines Tauchers wert ist. Von außen ist es die bewundernswerte Schleuder, von innen ist es der Vogel. [Die Dornen zerreißen es, und die Brombeeren beflecken es mit schwarzem Saft, aber den Sträuchern gewährt es die seltsame Quelle seines überschäumenden Lichtes. Man kann nicht wissen, was aus ihm geworden ist, seitdem ich es entdeckt habe.]

Die Hindin sieht mich gerne zwischen zwei Sprüngen an.

tiens compagnie dans la clairière. Je tombe lentement des hauteurs, je ne pèse encore que ce que donnent à peser de moins cent mille mètres. [Le lustre éteint qui m'éclaire montre les dents quand je caresse des seins que je n'ai pas choisis. De grandes branches mortes les transpercent.] Les soupapes qui s'ouvrent et se ferment dans un cœur qui n'est pas le mien et qui est mon cœur, sont tout ce qui se chantera d'inutile sur une mesure à deux temps : je crie, nul ne m'entend, je rêve.

[Ce désert est faux. Les ombres que je creuse laissent apparaître les couleurs comme autant de secrets inutiles.]

Je vais, dit-on, voir. Je vais, voit-on, entendre. Le silence à perte de vue est le clavier qui commence par ces vingt doigts qui ne sont pas. Ma mère est une toupie dont mon père est le fouet.

[J'ai pour séduire le temps des parures de frissons, le retour de mon corps en soi-même.] Ah ! prendre un bain, un bain des Romains, un bain de sable, un bain de sable d'ânesse ! *Vivre* comme il faut savoir se nouer les veines dans un bain ! [Voyager à dos de méduse, à fleur d'eau et puis sombrer dans les profondeurs pour avoir l'appétit des poissons aveugles,] des poissons aveugles qui ont l'appétit des oiseaux qui hurlent à la vie ! A-t-on entendu chanter les oiseaux vers quatre heures de l'après-midi en avril ? Ces oiseaux sont fous. C'est moi. [A-t-on déjà vu le soleil couvrir la nuit de son poids mort, comme le feu couvre la cendre ? J'ai pour soleils le passage de la flamme à la fumée, la plainte affolée d'une bête traquée et la première goutte d'eau d'une averse.]

Attention ! On m'attend. Le jour et la nuit vont être à la gare. Je ne les reconnaîtrai jamais si je m'embarrasse des valises de la justice.

Ich leiste ihr Gesellschaft auf der Lichtung. Ich falle langsam von oben herab, ich wiege erst das, was mindestens hunderttausend Meter an Gewicht verleihen. [Der erloschene Lüster, der mir Licht gibt, zeigt die Zähne, wenn ich Brüste streichle, die ich nicht ausgesucht habe. Große tote Zweige durchbohren sie.] Die Klappen, die sich in einem Herzen öffnen und schließen, das nicht mir gehört und das doch mein Herz ist, sind alles, was sich an Überflüssigem im Zweivierteltakt singen lässt: ich schreie, niemand hört mich, ich träume.

[Diese Wüste ist unecht. Die Schatten, die ich schürfe, lassen die Farben als ebenso viele unnütze Geheimnisse erscheinen.]

Man sagt, ich werde schon sehen. Man sieht, ich werde schon hören. Die unendliche Stille ist die Klaviatur, die mit den zwanzig Fingern, die es nicht gibt, beginnt. Meine Mutter ist ein Kreisel, dessen Peitsche mein Vater ist.

[Ich besitze, um die Zeit zu verführen, Schmuckstücke aus Schaudern, die Rückkehr meines Körpers zu sich selbst.] Ach! ein Bad nehmen, ein römisches Bad, ein Sandbad, ein Eselinnen-Sandbad. *Leben* wie es sich gehört, sich die Adern in einem Bad zuknoten können! [Auf dem Quallenrücken reisen, oben am Wasserspiegel und dann in die Tiefe tauchen, um den Hunger der blinden Fische zu haben,] der blinden Fische, die den Hunger der Vögel haben, die nach Leben schreien! Hat man im April gegen vier Uhr nachmittags die Vögel singen hören? Diese Vögel sind verrückt. Ich bin's. [Hat man schon die Sonne die Nacht mit ihrer toten Last bedecken sehen wie das Feuer die Asche bedeckt? Ich habe als Sonnen den Übergang der Flamme in Rauch, die bestürzte Klage eines gehetzten Tieres und den ersten Tropfen eines Regengusses.]

Achtung! Ich werde erwartet. Der Tag und die Nacht werden am Bahnhof sein. Ich werde sie niemals erkennen, wenn ich mich mit den Koffern der Justiz belade.

Robert Desnos: Huit poèmes (de: Corps et biens)

Vent nocturne

Sur la mer maritime se perdent les perdus
Les morts meurent en chassant
Des chasseurs dansent en rond une ronde
Dieux divins ! Hommes humains !
De mes doigts digitaux je déchire une cervelle cérébrale.
Quelle angoissante angoisse !
Mais les maîtresses maîtrisées ont des cheveux chevelus
Cieux célestes
terre terrestre
Mais où est la terre céleste ?

A présent

J'aimai avec passion ces longues fleurs qui éclatai-je à mon entrée. Chaque lampe se transfigurai-je en œil crevé d'où coulai-je des vins plus précieux que la nacre et les soupirs des femmes assassinées.

Avec frénésie, avec frénésie nos passions naquis-je et le fleuve Amazone lui-même ne bondis-je pas mieux.

Écouté-je moi bien ! Du coffret jaillis-je des océans et non des vins et le ciel s'entr'ouvris-je quand il parus-je.

Le nom du seigneur n'eus-je rien à faire ici.

Les belles mourus-je d'amour et les glands, tous les glands tombai-je dans les ruisseaux.

La grande cathédrale se dressai-je jusqu'au bel œil.
L'œil de ma bien-aimée.

Robert Desnos: Acht Gedichte (aus: Ganz und gar)

Nächtlicher Wind

Auf dem maritimen Meer verlieren sich die Verlorenen
Die Toten sterben beim Jagen
Die Jäger tanzen eine Runde im Ringelreihn
Göttliche Götter! Menschliche Menschen!
Mit meinen fingrigen Fingern zerreiße ich ein zerebrales Hirn
Welch beängstigende Angst!
Aber die beherrschten Herrscherinnen haben langhaarige Haare
Himmlische Himmel
Irdische Erde
Aber wo ist die himmlische Erde?

Gegenwärtig

Ich liebte leidenschaftlich diese hohen Blumen, die ich bei meinem Eintritt aufleuchtete. Jede Lampe verwandelte sich/mich in ein ausgestochenes Auge, aus dem ich Wein goss, kostbarer als Perlmutt und die Seufzer getöteter Frauen.

Mit Überschwang wurde ich zu unseren Leidenschaften geboren, und der Amazonasfluss selbst sprang ich nicht besser.
Hörte ich mich sehr gut! Aus dem Koffer sprang ich der Ozeane und nicht der Weine, und der Himmel öffnete ich/sich halb, als er/ich erschien.
Der Name des Herrn hatte ich hier nichts zu schaffen.

Alle Schönen starb ich vor Liebe, und die Eicheln, alle die Eicheln fiel ich in den Fluss.
Die große Kathedrale erhob ich mich bis zum schönen Auge. Dem Auge meiner Geliebten.

Il connus-je des couloirs de chair. Quant aux murs ils se liquéfiai-je et le dernier coup de tonnerre fis-je disparaître de la terre tous les tombeaux.

Idéal maîtresse

Je m'étais attardé ce matin-là à brosser les dents d'un joli animal que, patiemment, j'apprivoise. C'est un caméléon. Cette aimable bête fuma, comme à l'ordinaire, quelques cigarettes, puis je partis.

Dans l'escalier je la rencontrai. «Je mauve», me dit-elle et tandis que moi-même je cristal à pleine ciel-je à son regard qui fleuve vers moi.

Or il serrure et, maîtresse! Tu pitchpin qu'a joli vase je me chaise si les chemins tombeaux.

L'escalier, toujours l'escalier qui bibliothèque et la foule au bas plus abîme que le soleil ne cloche.

Remontons! mais en vain, les souvenirs se sardine! à peine, à peine un bouton tirelire-t-il. Tombez, tombez! En voici le verdict: «La danseuse sera fusillée à l'aube en tenue de danse avec ses bijoux immolés au feu de son corps. Le sang des bijoux, soldats!»

Eh quoi, déjà je miroir. Maîtresse tu carré noir et si les nuages de tout à l'heure myosotis, ils moulins dans la toujours présente éternité.

La colombe de l'arche

Maudit
soit le père de l'épouse
du forgeron qui forgea le fer de la cognée
avec laquelle le bûcheron abattit le chêne
dans lequel on sculpta le lit
où fut engendré l'arrière-grand-père
de l'homme qui conduisit la voiture
dans laquelle ta mère
rencontra ton père!

Er/ich kannte Gänge aus Fleisch. Was die Mauern betrifft, so verschwand sie/ich, und der letzte Donnerschlag ließ ich alle Gräber von der Erde verschwinden.

Ideal Geliebte – Haupt-Ideal

An diesem Morgen hatte ich mich dabei verweilt, die Zähne eines hübschen Tieres zu bürsten, das ich geduldig zähme. Es ist ein Chamäleon. Dieses liebenswerte Tier rauchte wie gewöhnlich einige Zigaretten. Dann brach ich auf.

Auf der Treppe traf ich es. «Ich malve», sagte es zu mir, und während ich voll kristalle, himmele ich zu seinem Blick, der zu mir flusst.

Nun er schlosst und Geliebte? Du Mahagoni mit hübscher Rundung, ich stuhle mich, wenn die Wege gräbern.

Die Treppe, immer die Treppe, die bibliothekt, und die Menge unten abgrundet mehr, als die Sonne glockt.

Steigen wir hinauf! Vergebens. Die Erinnerung sardint sich! Kaum, kaum ein Kopf, sparbüchst er. Fallt, fallt! Und hier das Urteil: «Die Tänzerin wird frühmorgens in Tanzkleidung mit ihrem Schmuck, der im Feuer ihres Körpers geopfert wird, erschossen. Das Blut des Schmuckes, Soldaten!»

Aber was, schon spiegele ich. Geliebte, du schwarzes Viereck, Und wenn die Wolken von vorhin vergissmeinichten, mühlen sie in der immer gegenwärtigen Ewigkeit.

Die Taube der Arche

Verflucht
sei der Vater der Gattin
des Schmiedes, der das Eisen der Axt schmiedete
mit der der Holzfäller die Eiche fällte
aus der man das Bett schnitzte
in dem der Urgroßvater
des Mannes gezeugt wurde der das Auto lenkte
in dem deine Mutter
deinem Vater begegnete!

J'ai tant rêvé de toi

J'ai tant rêvé de toi que tu perds ta réalité.

Est-il encore temps d'atteindre ce corps vivant et de baiser sur cette bouche la naissance de la voix qui m'est chère?

J'ai tant rêvé de toi que mes bras habitués, en étreignant ton ombre, à se croiser sur ma poitrine ne se plieraient pas au contour de ton corps, peut-être.

Et que, devant l'apparence réelle de ce qui me hante et me gouverne depuis des jours et des années, je deviendrais une ombre sans doute.

O balances sentimentales.

J'ai tant rêvé de toi qu'il n'est plus temps sans doute que je m'éveille. Je dors debout, le corps exposé à toutes les apparences de la vie et de l'amour et toi, la seule qui compte aujourd'hui pour moi, je pourrais moins toucher ton front et tes lèvres que les premières lèvres et le premier front venus.

J'ai tant rêvé de toi, tant marché, parlé, couché avec ton fantôme qu'il ne me reste plus peut-être, et pourtant, qu'à être fantôme parmi les fantômes et plus ombre cent fois que l'ombre qui se promène et se promènera allégrement sur le cadran solaire de ta vie.

A la faveur de la nuit

Se glisser dans ton ombre à la faveur de la nuit.

Suivre tes pas, ton ombre à la fenêtre.

Cette ombre à la fenêtre c'est toi, ce n'est pas une autre, c'est toi.

N'ouvre pas cette fenêtre derrière les rideaux de laquelle tu bouges.

Ferme les yeux.

Je voudrais les fermer avec mes lèvres.

Ich habe so viel von dir geträumt

Ich habe so viel von dir geträumt, dass du deine Wirklichkeit verlierst.

Ist noch Zeit, den lebenden Körper zu erreichen, auf dem Mund die Geburt der Stimme, die mir teuer ist, zu küssen?

Ich habe so viel von dir geträumt, dass meine Arme, die es gewöhnt sind, auf meiner Brust gekreuzt zu sein, wenn sie deinen Schatten umarmen, sich vielleicht nicht mehr um den Umriss deines Körpers legen würden.

Und dass ich, angesichts der tatsächlichen Erscheinung dessen, was mich seit Tagen und Jahren heimsucht und beherrscht, zweifellos ein Schatten werden würde.

Oh, was für eine gefühlvolle Waage!

Ich habe so viel von dir geträumt, dass es gewiss zu spät ist, zu erwachen. Ich schlafe im Stehen, den Körper allen Erscheinungsformen des Lebens und der Liebe ausgesetzt – und du die Einzige, die heute für mich zählt, ich könnte weniger deine Stirn und deine Lippen berühren als die erstbesten Lippen und die erstbeste Stirn.

Ich habe so viel von dir geträumt, bin soviel gegangen, habe soviel gesprochen, mit deiner Traumgestalt geschlafen, dass mir vielleicht nichts anderes übrigbleibt, und dennoch, als Traumgestalt unter Traumgestalten zu sein, hundertmal mehr Schatten als der Schatten, der heiter über die Sonnenuhr deines Lebens spaziert, spazieren wird.

Im Schutze der Nacht

Im Schutze der Nacht in deinen Schatten schlüpfen.

Deinen Schritten, deinem Schatten zum Fenster folgen.

Dieser Schatten am Fenster, das bist du, das ist nicht eine andere, das bist du.

Öffne nicht das Fenster, hinter dessen Vorhängen du dich bewegst.

Schließe die Augen.

Ich möchte sie mit meinen Lippen schließen.

Mais la fenêtre s'ouvre et le vent, le vent qui balance bizarrement la flamme et le drapeau entoure ma fuite de son manteau.

La fenêtre s'ouvre : ce n'est pas toi.

Je le savais bien.

Le suicidé de nuit

Les rameaux verts s'inclinent quand la libellule apparaît au détour du sentier
J'approche d'une pierre tombale plus transparente que la neige blanche comme le lait blanche comme la chaux blanche blanche comme les murailles
La libellule patauge dans les flaques de lait
L'armure de verre tremble frémit se met en marche
Les arcs-en-ciel se nouent à la Louis XV
Eh quoi ? déjà le sol dérobé par notre route dresse la main
Se bat avec l'armure de verre
Sonne aux portes
Flotte dans l'air
Crie
Gémit pleure ah ! ah ! ah ! ah ! sillage tu meurs en ce bruit bleu rocher
Les grands morceaux d'éponges qui tombent du ciel recouvrent les cimetières
Le vin coule avec un bruit de tonnerre
Le lait le sol dérobé l'armure se battent sur l'herbe qui rougit et blanchit tour à tour
Le tonnerre et l'éclair et l'arc-en-ciel
Ah ! sillage tu crevasses et tu chantes !

La petite fille s'en va à l'école en récitant sa leçon.

Aber das Fenster öffnet sich, und der Wind, der Wind, der wunderlich die Flamme und die Fahne bewegt, umgibt meine Flucht mit seinem Mantel.

Das Fenster öffnet sich: das bist nicht du.

Ich wusste es wohl.

Der nächtliche Selbstmörder

Die grünen Zweige neigen sich, wenn die Libelle
an der Biegung des Pfades erscheint
Ich nähere mich einem Grabstein, der durchsichtiger ist als
der Schnee, der weiß ist wie die weiße Milch, wie
der weiße Kalk, weiß wie die Mauern
Die Libelle watet in den Milchlachen herum
Die Einfassung des Glases zittert, schaudert, setzt sich in
Bewegung
Die Regenbögen verknoten sich im Stil Ludwigs XV.
Aber was? Schon hebt der Boden, der durch unsere Straße
entwendet worden ist, die Hand
Schlägt sich mit der Einfassung des Glases.
Läutet an den Türen
Schwebt in der Luft
Schreit
Stöhnt, weint ach! ach! ach! ach! ach! Kielwasser, du
stirbst in diesem Geräusch blauer Felsen
Die großen Stücke von den Schwämmen, die vom Himmel
fallen, bedecken die Friedhöfe
Der Wein rollt mit Donnergeräusch
Die Milch, der entwendete Boden, die Einfassung schlagen
sich auf dem Gras, das nacheinander errötet und erbleicht.
Der Donner und der Blitz und der Regenbogen!
Ah! Kielwasser, du reißt auf und du singst!

Das kleine Mädchen geht zur Schule und sagt seine Lektion
her.

De la rose de marbre à la rose de fer

La rose de marbre immense et blanche était seule sur la place déserte où les ombres se prolongeaient à l'infini. Et la rose de marbre seule sous le soleil et les étoiles était reine de la solitude. Et sans parfum la rose de marbre sur sa tige rigide au sommet du piédestal de granit ruisselait de tous les flots du ciel. La lune s'attêtait pensive en son cœur glacial et les déesses des jardins les déesses de marbre à ses pétales venaient éprouver leurs seins froids.

La rose de verre résonnait à tous les bruits du littoral. Il n'était pas un sanglot de vague brisée qui ne la fit vibrer. Autour de sa tige fragile et de son cœur transparent des arcs-en-ciel tournaient avec les astres. La pluie glissait en boules délicates sur ses feuilles que parfois le vent faisait gémir à l'effroi des ruisseaux et des vers luisants.

La rose de charbon était un phénix nègre que la poudre transformait en rose de feu. Mais sans cesse issue des corridors ténébreux de la mine où les mineurs la recueillaient avec respect pour la transporter au jour dans sa gangue d'anthracite la rose de charbon veillait aux portes du désert.

La rose de papier buvard saignait parfois au crépuscule quand le soir à son pied venait s'agenouiller. La rose de buvard gardienne de tous les secrets et mauvaise conseillère saignait un sang plus épais que l'écume de mer et qui n'était pas le sien.

La rose de nuages apparaissait sur les villes maudites à l'heure des éruptions de volcans à l'heure des incendies à l'heure des émeutes et au-dessus de Paris quand la Commune y mêla les veines irisées du pétrole et l'odeur de la poudre. Elle fut belle au 21 janvier belle au mois d'octobre dans le vent froid des steppes belle an 1905 à l'heure des miracles à l'heure de l'amour.

Von der Rose aus Marmor zur Rose aus Eisen

Die riesige weiße Rose aus Marmor war allein auf dem verlassenen Platz, wo die Schatten sich ins Unendliche verlängerten. Und die Rose aus Marmor, allein unter der Sonne und den Sternen, war Königin der Einsamkeit. Und ohne allen Duft troff die Rose aus Marmor auf ihrem starren Stil oben auf dem Granitsockel von allen Fluten des Himmels. Der Mond hielt an, gedankenvoll in seinem eisigen Herzen, und die Göttinnen der Gärten, die Marmor-Göttinnen, kamen, um die kalten Brüste an ihre Blütenblätter zu drücken.

Die Rose aus Glas tönte mit allen Geräuschen des Küstenlandes. Es gab kein Schluchzen gebrochener Wellen, das sie nicht erzittern ließ. Um ihren zerbrechlichen Stiel und ihr durchscheinendes Herz herum drehten sich Regenbögen mit Sternen. Der Regen fiel in zarten Kugeln auf ihre Blätter, welche der Wind zum Entsetzen der Bäche und der Glühwürmer manchmal seufzen ließ.

Die Rose aus Kohle war ein schwarzer Phönix, den die Asche in eine Rose aus Feuer verwandelte. Aber da sie unaufhörlich aus den finsteren Gängen des Schachtes trat, wo die Bergleute sie mit Verehrung empfingen, um sie im Licht in sein Ganggestein aus Anthrazit zu tragen, stand nun die Rose aus Kohle an den Pforten der Wüste auf Wache.

Die Rose aus Löschpapier blutete manchmal in der Dämmerung, wenn der Abend kam, um an ihrem Fuß niederzuknien. Die Rose aus Löschpapier, Hüterin aller Geheimnisse und schlechte Ratgeberin, blutete ein schwereres Blut, als es der Schaum des Meeres war, der mit ihrem Blut nichts zu tun hatte.

Die Rose aus Wolken erschien über den verfluchten Städten zur Stunde der Vulkanausbrüche, zur Stunde der Feuersbrünste, zur Stunde der Aufstände – und über Paris, als die Kommune schillernde Petroleum-Adern und Pulvergeruch hineinmischte. Sie war schön am 21. Januar, schön im Oktober im kalten Steppenwind, schön 1905 zur Stunde der Wunder, zur Stunde der Liebe.

La rose de bois présidait aux gibets. Elle fleurissait au plus haut de la guillotine puis dormait dans la mousse à l'ombre immense des champignons.

La rose de fer avait été battue durant des siècles par des forgerons d'éclairs. Chacune de ses feuilles était grande comme un ciel inconnu. Au moindre choc elle rendait le bruit du tonnerre. Mais qu'elle était douce aux amoureuses désespérées la rose de fer.

La rose de marbre la rose de verre la rose de charbon la rose de papier buvard la rose de nuages la rose de bois la rose de fer refleuriront toujours mais aujourd'hui elles sont effeuillées sur ton tapis.

Qui es-tu? toi qui écrases sous tes pieds nus les débris fugitifs de la rose de marbre de la rose de verre de la rose de charbon de la rose de papier buvard de la rose de nuages de la rose de bois de la rose de fer.

Die Rose aus Holz hatte den Vorsitz beim Galgen. Sie blühte am höchsten Punkt der Guillotine, dann schlief sie im Moos im abgründigen Schatten der Pilze.

Die Rose aus Eisen war in Jahrhunderten von Blitz-Schmieden geschmiedet worden. Jedes ihrer Blätter war so groß wie ein unbekannter Himmel. Beim geringsten Stoß gab sie das Geräusch des Donners von sich. Aber wie sanft war sie gegenüber den verzweifelt Liebenden, die Rose aus Eisen!

Die Rose aus Marmor, die Rose aus Glas, die Rose aus Kohle, die Rose aus Löschpapier, die Rose aus Wolken, die Rose aus Holz, die Rose aus Eisen werden immer wieder blühen, aber heute liegen sie entblättert auf deinem Teppich.

Wer bist du? Du, der du unter deinen nackten Füßen die flüchtigen Reste der Rose aus Marmor, der Rose aus Glas, der Rose aus Kohle, der Rose aus Löschpapier, der Rose aus Wolken, der Rose aus Holz, der Rose aus Eisen zertrittst?

Parmi les débris dorés de l'usine à gaz
tu trouveras une tablette de chocolat qui fuira à ton
approche
Si tu cours aussi vite qu'un tube d'aspirine
tu iras loin derrière le chocolat
qui bouleverse le paysage
à la manière d'un soulier percé
sur lequel on jette un manteau de voyage
pour ne pas effrayer les passants par le spectacle de
cette nudité
qui fait claquer des dents aux boîtes de poudre de riz
tomber les feuilles des arbres comme les cheminées
d'usine
Et le train passe sans s'arrêter devant une petite gare
parce qu'il n'a ni faim ni soif
parce qu'il pleut et qu'il n'a pas de parapluie
parce que les vaches ne sont pas encore rentrées
parce que la route n'est pas sûre et qu'il n'aime pas
rencontrer des ivrognes ou des voleurs ou des flies
Mais si les alouettes faisaient la queue à la porte des
cuisines
pour se faire rôtir
si l'eau refusait de couper le vin
et si j'avais cinq francs
Il y aurait du nouveau sous le soleil
il y aurait des pains à roulettes qui défonceraient les
casernes de gendarmerie
il y aurait des pépinières de barbe où les moineaux
feraient l'élevage des vers à soie
il y aurait dans le creux de ma main
un petit lampion froid
doré comme un œuf sur le plat
134 et si léger que la semelle de mes chaussures s'envole-
135 rait comme un faux nez

Benjamin Péret: Tausend Mal

Unter den goldenen Trümmern des Gaswerks
wirst du eine Tafel Schokolade finden die bei deinem Nahen fliehen wird
Wenn du so schnell läufst wie ein Aspirin-Röhrchen
wirst du weit hinter der Schokolade hergehen
die das Gelände in Verwirrung bringt
wie ein löchriger Schuh
auf den man einen Reisemantel wirft
damit nicht die Vorbeigehenden von dem Schauspiel dieser Nacktheit erschreckt werden
die den Reispuder-Dosen Zähneklappern verursacht
und die Blätter von den Bäumen fallen lässt wie die Fabrikschlote
Und der Zug fährt vorbei ohne vor dem kleinen Bahnhof anzuhalten
weil er weder Hunger nach Durst hat
weil es regnet und er keinen Schirm hat
weil die Kühe noch nicht nach Hause gekommen sind
weil die Straße nicht sicher ist und weil er
nicht gerne Betrunkene oder Diebe oder Polizisten trifft
Aber wenn die Lerchen an der Küchentür Schlange stünden
um sich braten zu lassen
wenn das Wasser sich weigerte den Wein aufzulösen
und wenn ich fünf Francs besäße
Dann gäbe es etwas Neues unter der Sonne
dann gäbe es Brote auf Rollen die die Polizeikasernen eindrückten
gäbe es Pflanzstätten für Bärte auf denen die Spatzen Seidenwürmer großzögen
gäbe es in der Höhlung meiner Hand
einen kleinen kalten Lampion
golden wie ein Ei auf der Platte
und so leicht, dass die Sohle meiner Schuhe davonflöge wie eine falsche Nase

en sorte que le fond de la mer serait une cabine téléphonique
d'où personne n'obtiendrait jamais aucune communication

dergestalt, dass der Grund des Meeres einer Telefonkabine
gliche
mit der niemals jemand irgendeine Verbindung zustande-
brächte

Antonin Artaud: Invocation à la momie

Ces narines d'os et de peau
par où commencent les ténèbres
de l'absolu, et la peinture de ces lèvres
que tu fermes comme un rideau

Et cet or que te glisse en rêve
la vie qui te dépouille d'os,
et les fleurs de ce regard faux
par où tu rejoins la lumière

Momie, et ces mains de fuseaux
pour te retourner les entrailles,
ces mains où l'ombre épouvantable
prend la figure d'un oiseau

Tout cela dont s'orne la mort
comme d'un rite aléatoire,
ce papotage d'ombres, et l'or
où nagent tes entrailles noires

c'est par là que je te rejoins,
par la route calcinée des veines,
et ton or est comme ma peine
le pire et le plus sûr témoin

138
139

Antonin Artaud: Anrufung der Mumie

Die Nasenlöcher aus Knochen und Haut,
wo die Schatten beginnen des Absoluten
und die Malerei dieser Lippen
die du schließt wie einen Vorhang

Und dieses Gold, das dir im Traum
das Leben zusteckt, das dich deiner Knochen beraubt,
und die Blumen dieses falschen Blicks
durch den du dich mit dem Licht verbindest

Mumie, und diese Spindelhände
um dir die Eingeweide umzudrehen,
diese Hände, wo der entsetzliche Schatten
die Gestalt eines Vogels annimmt.

All das, mit dem sich der Tod schmückt
wie mit einem ungewissen Ritus,
dieses Schattengeplapper und das Gold,
in dem deine schwarzen Eingeweide schwimmen.

Dadurch komme ich wieder zu dir
durch den ausgeglühten Weg der Adern,
und dein Gold ist wie mein Leid
der allerschlimmste und sicherste Zeuge.

A la pointe de la découverte, de l'instant où pour les premiers navigateurs une nouvelle terre fut en vue à celui où ils mirent le pied sur la côte, de l'instant où tel savant put se convaincre qu'il venait d'être témoin d'un phénomène jusqu'à lui inconnu à celui où il commença à mesurer la portée de son observation – tout sentiment de durée aboli dans l'enivrement de la *chance* – un très fin pinceau de feu dégage ou parfait comme rien autre le sens de la vie. C'est à la recréation de cet état particulier de l'esprit que le surréalisme a toujours aspiré, dédaignant en dernière analyse la proie et l'ombre pour ce qui n'est déjà plus l'ombre et n'est pas encore la proie: l'ombre et la proie fondues dans un éclair unique.

Il s'agit de *ne pas*, derrière soi, *laisser s'embroussailler les chemins du désir*. Rien n'en garde moins, dans l'art, dans les sciences, que cette volonté d'applications, de butin, de récolte. Foin de toute captivité, fût-ce aux ordres de l'utilité universelle, fût-ce dans les jardins de pierres précieuses de Montezuma ! Aujourd'hui encore je n'attends rien que de ma seule disponibilité, que de cette soif d'errer *à la rencontre* de tout, dont je m'assure qu'elle me maintient en communication mystérieuse avec les autres êtres disponibles, comme si nous étions appelés à nous réunir soudain. J'aimerais que ma vie ne laissât après elle d'autre murmure que celui d'une chanson de guetteur, d'une chanson pour tromper l'attente. Indépendamment de ce qui arrive, n'arrive pas, c'est l'attente qui est magnifique.

J'en avais devisé la veille et l'avant-veille avec Alberto Giacometti quand un beau jour du printemps
140 1934 nous invita à porter nos pas vers le «marché aux
141 puces» dont il a déjà été question dans *Nadja* (tant pis

André Breton: Die wahnsinnige Liebe, Kapitel III

Im Augenblick der Entdeckung – zwischen dem Punkt, wo für die ersten Seefahrer neues Land in Sicht kam, und dem, wo sie den Fuß auf die Küste setzten; oder: zwischen dem Punkt, wo ein Gelehrter sich bewusst wurde, dass er soeben Zeuge eines bisher unbekannten Phänomens geworden sei, und dem, wo er begann, die Tragweite seiner Beobachtung abzuschätzen –, in dem Augenblick, wo jedes Gefühl der Dauer vom Rausch der *Unbegrenzten Möglichkeit* vernichtet wird: da legt ein sehr feiner Feuerpinsel den Sinn des Lebens frei oder vervollkommnet ihn wie nichts anderes. Diesen besonderen Geisteszustand wieder zu erschaffen hat der Surrealismus immer angestrebt, wobei er letztlich die Ausbeute und den Schatten verschmäht – um dessentwillen, was schon nicht mehr Schatten und noch nicht Ausbeute ist: Schatten und Ausbeute in einem einzigen Blitz verschmolzen. Es handelt sich darum, *die Wege der Begierde nicht hinter sich zuwachsen zu lassen*! Nichts bewahrt einen weniger davor, in der Kunst wie in der Wissenschaft, als der Wille zur Anwendung, zum Erwerb, zur Ernte. Zum Teufel mit jeder Gefangenschaft, mag sie auch auf Befehl universaler Nützlichkeit geschehen oder sich in den Edelstein-Gärten von Montezuma abspielen! Noch heute erwarte ich nichts als allein von meiner Verfügbarkeit, von diesem Durst, *zu einer Begegnung* mit allem und jedem hin zu irren, einem Durst, bei dem ich sicher bin, dass er mich in geheimer Verbindung mit den anderen verfügbaren Wesen hält, wie wenn wir dazu aufgerufen wären, uns plötzlich zu vereinen. Ich möchte gern, dass mein Leben kein anderes Murmeln hinterlässt als das eines Wächterliedes, eines Liedes, das das Warten verkürzen soll. Unabhängig von dem, was geschieht oder nicht geschieht – das Großartige ist die Erwartung.

Ich hatte am Vorabend und Vorvorabend mit Alberto Giacometti darüber geplaudert, als ein schöner Frühlingsmorgen des Jahres 1934 uns einlud, unsere Schritte zum «Flohmarkt» zu lenken, von dem schon in «Nadja» die Rede war

pour cette répétition de décor, qu'excuse la transformation profonde, constante, du lieu). Giacometti travaillait à cette époque à la construction du personnage féminin qu'on trouvera reproduit page 30 de ce livre et ce personnage, bien qu'il lui fût apparu très distinctement plusieurs semaines auparavant et eût pris forme dans le plâtre en quelques heures, était sujet en se réalisant à certaines variations. Alors que le geste des mains et l'appui des jambes sur la planchette visiblement n'avaient jamais donné lieu à la moindre hésitation ; que les yeux, le droit figuré par une roue intacte, le gauche par une roue brisée, subsistaient sans modification à travers les états successifs de la figure, la longueur des bras, d'où dépendait le rapport des mains avec les seins, la coupe du visage n'étaient nullement arrêtées. Je n'avais pas cessé de m'intéresser au progrès de cette statue que, d'emblée, j'avais tenue pour l'émanation même du *désir d'aimer el d'être aimé* en quête de son véritable objet humain et dans sa douloureuse ignorance. Tant qu'il n'était pas parfaitement venu au jour la fragilité même, l'élan contenu, le côté tout à la fois pris au piège et rendant grâce par quoi m'avait si vivement ému l'aspect de ce gracieux être me donnaient à redouter dans la vie d'alors de Giacometti toute intervention féminine comme pouvant lui porter préjudice. Rien de plus fondé que cette crainte si l'on songe qu'une telle intervention, passagère, entraîna un jour un regrettable abaissement des mains, justifié consciemment par le souci de découvrir les seins et ayant, à ma grande surprise, pour conséquence la *disparition de l'objet invisible mais présent* sur quoi se centre l'intérêt de la figure et que ces mains tiennent ou soutiennent. A quelques légers correctifs près, elles furent rétablies le lendemain à leur vraie place. La tête cependant, bien que cernée dans ses
 grandes lignes, définie dans son caractère général,
 participait presque seule de l'indétermination senti-

(die Wiederholung der Kulisse soll mir egal sein; sie ist dadurch gerechtfertigt, dass der Ort sich ständig grundlegend verändert). Giacometti arbeitete damals an einer weiblichen Figur, und diese Figur war, während sie entstand, bestimmten Veränderungen unterworfen, obwohl sie ihm mehrere Wochen vorher ganz deutlich erschienen war und er sie in wenigen Stunden in Gips modelliert hatte. Während offenbar die Gebärde der Hände und die Art, wie sich die Beine auf den Sockel stützen, nie zum geringsten Zögern Anlass gegeben hatten, und während die Augen – das rechte durch ein vollständiges Rad, das linke durch ein zerbrochenes dargestellt – ohne Veränderung alle folgenden Zustände hatten, waren die Länge der Arme, von denen die Beziehung zu den Brüsten abhing, und der Gesichtsschnitt überhaupt nicht festgelegt. Ich hatte nicht aufgehört, mich für den Fortschritt dieser Statue zu interessieren, die ich auf den ersten Blick als den gestaltgewordenen Wunsch *zu lieben und geliebt zu werden* angesehen hatte, der auf der Suche nach seinem wirklichen menschlichen Objekt ist, aber es schmerzlicher Weise nicht kennt. Solange dieser Wunsch nicht völlig zum Ausdruck gekommen war, veranlassten mich die Zerbrechlichkeit und der verhaltene Aufschwung, dieses gleichzeitige In-die-Falle-Gehen und Großmut-Üben (durch das mich der Anblick dieses anmutigen Wesens so bewegt hatte), im Leben Giacomettis jedes Dazwischenkommen einer Frau zu fürchten, da es ihm Schaden zufügen konnte. Nichts war begründeter als diese Furcht, wenn man bedenkt, dass ein solches vorübergehendes Dazwischenkommen eines Tages eine bedauernswerte Senkung der Hände mit sich brachte, die bewusst dadurch gerechtfertigt wurde, dass die Brüste entblößt werden sollten, und die zu meiner großen Überraschung das *Verschwinden des unsichtbaren aber gegenwärtigen Gegenstandes* zur Folge hatte, auf den sich das Interesse der Figur konzentriert und den ihre Hände halten oder stützen. Bis auf einige kleinere Korrekturen wurden sie am folgenden Tag an ihren eigentlichen Platz zurückversetzt. Der Kopf aber nahm, obwohl er in seinen großen Linien festgelegt, in seinem allgemeinen Charakter bestimmt war, wie von selbst an der

mentale dont je continue à penser que l'œuvre avait jailli. Toute soumise qu'elle était à certaines données imprescriptibles – vipérine, étonnée et tendre – elle résistait manifestement à l'individualisation, cette résistance, comme aussi celle des seins à la particularisation finale, se donnant pour raison avouée divers prétextes plastiques. Toujours est-il que le visage, si net, si flagrant aujourd'hui, était assez lent à s'éveiller du cristal de ses plans pour qu'on pût se demander s'il livrerait jamais son expression, cette expression par quoi seule pourrait se parachever l'unité du naturel et du surnaturel qui permettrait à l'artiste de passer à autre chose. Il manquait ici une assurance sur la réalité, un point d'appui sur le monde des objets tangibles. Il manquait ce terme de comparaison même lointain qui confère brusquement la certitude.

Les objets qui, entre la lassitude des uns et le désir des autres, vont rêver à la foire de la brocante n'avaient, ce jour-là qu'à peine réussi à se différencier durant la première heure de notre promenade. Leur cours régulier n'était parvenu qu'à entretenir sans à-coups la méditation que ce lieu, comme nul autre, fait porter sur la précarité du sort de tant de petites constructions humaines. Le premier d'entre eux qui nous attira réellement, qui exerça sur nous l'attraction du *jamais vu*, fut un demi-masque de métal frappant de rigidité en même temps que de force d'adaptation à une nécessité de nous inconnue. La première idée, toute fantaisiste, était de so trouver en présence d'un descendant très évolué du heaume, qui se fût laissé entraîner à flirter avec le loup de velours. Nous pûmes, en l'essayant, nous convaincre que les œillères, striées de lamelles horizontales de même substance diversement inclinées, permettaient une visibilité parfaite tant au-dessus et au-dessous que droit devant soi. L'aplatissement de la face proprement dite en dehors du nez, qu'accentuait la fuite

Unentschiedenheit der Gefühle teil, der, wie ich glaube, das Werk entsprungen war. So sehr er einigen unwandelbaren Gegebenheiten unterworfen war – natternartig, erstaunt und zart –, widerstand er offensichtlich der Individualisierung, wobei dieser Widerstand wie auch der der Brüste bei der endgültigen Ausführung verschiedene bildhauerische Begründungen als eingestandene Ursache angab. Auf alle Fälle brauchte das Gesicht, so klar und deutlich es heute sein mag, ziemlich lange, um aus dem Kristall seiner Ebenen zu erwachen, so dass man sich fragen mochte, ob es jemals seinen Ausdruck preisgeben werde, diesen Ausdruck, durch den allein die Einheit des Natürlichen und des Übernatürlichen entstehen konnte, die dem Künstler erlauben würde, zu etwas anderem überzugehen. Es fehlte hier eine Sicherheit in Bezug zur Wirklichkeit, ein Stützpunkt in der Welt der berührbaren Dinge. Es fehlte dieser Bezugspunkt, der sogar dann, wenn er weit weg ist, plötzlich Sicherheit verleiht.

Den Gegenständen, die zwischen der Müdigkeit der einen und der Begierde der anderen auf dem Trödelmarkt träumen, war es an jenem Tage während der ersten Stunde unseres Spaziergangs kaum gelungen, sich einzeln erkennen zu geben. Ihr gleichmäßiges Vorbeiströmen hatte lediglich bewirkt, unverzüglich das Nachdenken anzuregen, die dieser Ort wie kein anderer auf die Unsicherheit des Schicksals so vieler kleiner menschlicher Hervorbringungen lenkt. Der erste Gegenstand, der uns wirklich anzog, der für uns die Anziehungskraft des *nie Gesehenen* hatte, war eine Halbmaske aus Metall, die gleichermaßen durch ihre Strenge wie durch ihre Anpassung an eine uns unbekannte Funktion auffiel. Die erste ganz und gar phantastische Vorstellung war die, man habe den prächtig entwickelten Abkömmling eines Helms vor sich, der sich dazu hatte hinreißen lassen, mit einer Samtmaske zu flirten. Wir konnten uns, als wir die Maske aufprobierten, davon überzeugen, dass die Augenblenden, die von waagrecht verlaufenden, verschieden geneigten Lamellen aus demselben Material gestreift waren, eine vollkommene Sicht sowohl über wie unter wie direkt vor einem selbst erlaubten. Die Plattheit des eigentlichen Gesichts außer der Na-

rapide et pourtant délicate vers les tempes, joint à un second cloisonnement de la vue par des lamelles perpendiculaires aux précédentes et allant en se resserrant graduellement à partir de ladite courbure, prêtait à ce haut de visage aveugle l'attitude altière, *sûre d'elle,* inébranlable qui nous avait d'abord retenus. Bien que le caractère remarquablement définitif de cet objet semblât échapper au marchand qui nous pressait de l'acheter en suggérant de le peindre d'une couleur vive et de le faire monter en lanterne, Giacometti, pourtant très détaché en général de toute idée de possession à propos de tels objets, le reposa à regret, parut chemin faisant concevoir des craintes sur sa destination prochaine, finalement revint sur ses pas pour l'acquérir. A quelques boutiques de là, un choix presque aussi électif se porta pour moi sur une grande cuiller en bois, d'exécution paysanne, mais assez belle, me sembla-t-il, assez hardie de forme, dont le manche, lorsqu'elle reposait sur sa partie convexe, s'élevait de la hauteur d'un petit soulier faisant corps avec elle. Je l'emportai aussitôt.

Nous débattions le sens qu'il convient d'attacher, si minimes puissent-elles paraître, à de telles trouvailles. Les deux objets, qu'on nous avait remis non enveloppés, dont nous ignorions l'existence quelques minutes plus tôt et qui nous imposaient avec eux ce contact sensoriel anormalement prolongé, nous ramenaient sans cesse à la considération de leur existence concrète, nous livraient aussi certains prolongements, très inattendus, de leur vie. C'est ainsi que le masque, perdant peu à peu ce que nous étions tombés d'accord pour lui assigner comme usage probable – nous avions pensé avoir affaire à un masque allemand d'escrime au sabre – tendait à se situer dans les recherches personnelles de Giacometti, à y prendre une place analogue à celle qu'occupait
146 précisément alors le visage de la statue dont j'ai parlé.
147 A pénétrer, en effet, tout le détail de sa structure on

se, welche durch eine schnelle und dennoch feine Neigung zu den Schläfen hin betont wurde, verbunden mit einem zweiten Schutz der Augenöffnung durch Lamellen, die senkrecht zu den vorhergehenden verliefen und von der besagten Krümmung an nach und nach enger wurden, gab diesem oberen Teil des Gesichts die blinde hochmütige Haltung, die *ihrer selbst sicher* ist, unerschütterlich, und die uns zuerst gefesselt hatte. Obwohl der bemerkenswert endgültige Charakter des Gegenstandes dem Verkäufer zu entgehen schien – er drängte uns, ihn zu kaufen, indem er uns riet, ihn mit einer lebhaften Farbe zu bemalen und als Lampe aufzuhängen –, legte ihn Giacometti, der im allgemeinen bei solchen Gegenständen vom Erwerbsdrang weit entfernt ist, mit Bedauern zurück; er schien aber unterwegs Befürchtungen über sein weiteres Geschick zu haben, kehrte schließlich um und kaufte ihn. Einige Stände weiter fiel eine beinahe ebenso ausschließliche Wahl von meiner Seite auf einen hölzernen, derben, aber wie mir schien, recht schönen Löffel bäuerlicher Herkunft, der in der Form ziemlich gewagt war und dessen Griff, wenn er auf seinem konvexen Teil lag, auf einem kleinen Schuh stand, mit dem er abschloss. Ich nahm ihn alsbald mit.

Wir stritten über den Sinn, den man solchen «Trouvaillen» (Fundgegenständen), so unbedeutend sie sein mögen, beizumessen habe. Die beiden Gegenstände, die man uns uneingewickelt gegeben hatte, von denen wir einige Minuten früher nicht gewusst hatten, dass es sie gab, und die uns nun mit ihrem Vorhandensein einen ungewöhnlich anhaltenden sinnlichen Kontakt mit ihnen auferlegten, führten uns unaufhörlich zur Betrachtung ihrer greifbaren Existenz zurück, boten uns auch einige ganz unerwartete Verlängerungen ihres Lebens an. Die Maske, die nach und nach das verlor, was wir übereinstimmend für ihren vermutlichen Zweck gehalten hatten – wir hatten gedacht, es mit einer deutschen Maske für Florett oder Säbel zu tun zu haben –, wollte sich in die persönlichen Forschungen Giacomettis einreihen und dort genau an den Platz treten, der vorher just das Gesicht der Statue, von der ich sprach, innegehabt hatte. Wenn man alle Einzelheiten ihrer Struktur durchdrang, konnte man feststellen, dass sie

constatait qu'il était en quelque sorte *compris* entre la *Tête* reproduite dans le numéro 5 de la revue *Minotaure*, dernière œuvre qu'il eût achevée et dont il m'avait promis le moulage, et ce visage demeuré à l'état d'ébauche. Restait, on l'a vu, à lever sur celui-ci le dernier voile: l'intervention du masque semblait avoir pour but d'aider Giacometti à vaincre, à ce sujet, son indécision. *La trouvaille d'objet remplit ici rigoureusement le même office que le rêve, en ce sens qu'elle libère l'individu de scrupules affectifs paralysants, le réconforte et lui fait comprendre que l'obstacle qu'il pouvait croire insurmontable est franchi.* («Les Vases communicants»). Une certaine contradiction plastique, reflet sans nul doute d'une contradiction morale profonde, observable dans les premiers états de la sculpture, tenait, en effet, à la manière distincte dont l'artiste avait traité la partie supérieure – très largement par plans, pour fuir, je suppose, certaines précisions toujours accablantes du souvenir – et la partie inférieure – très dégagée parce que sûrement méconnaissable – du personnage. Le masque, tirant parti de certaines ressemblances formelles qui les premières ont dû fixer l'attention (telles, pour l'œil, le rapprochement qui ne peut manquer de s'établir entre le treillis métallique et la roue) impose, dans les limites du moindre espace, la fusion de ces deux manières. Il me semble impossible de sous-estimer son rôle, lorsque je me rends compte de la parfaite unité organique de ce frêle et imaginaire corps de femme que nous admirons aujourd'hui.

Cet essai de démonstration du rôle *catalyseur* de la trouvaille n'aurait à mes yeux rien de péremptoire si ce même jour – mais seulement après avoir quitté Giacometti – je n'avais pu m'assurer que la cuiller de bois répondait à une nécessité analogue, *bien que,*
148 *comme il s'agit de moi, cette nécessité me soit*
149 *demeurée longtemps plus obscure.* J'observe en

in gewisser Weise zwischen dem Kopf, der in der Nummer 5 der Zeitschrift «Minotaure» wiedergegeben ist (Giacomettis jüngst vollendetem Werk, dessen Abguss er mir versprochen hatte), und dem Gesicht, das im Zustand des Entwurfs geblieben war, *anzusiedeln* sei. Es musste also noch, wie man gesehen hat, ein letzter Schleier von diesem Gesicht weggezogen werden: das Auftreten der Maske schien dazu bestimmt zu sein, Giacometti zu helfen, seine Unentschiedenheit hierin zu überwinden. *Die Trouvaille, das Auffinden eines Gegenstandes, leistet hier dasselbe wie der Traum, in dem Sinn, dass solch ein Fund einen Menschen von lähmenden Hemmnissen des Gefühls befreit, ihn bestärkt und ihn begreifen lässt, dass das Hindernis, das er für unüberwindlich halten musste, beiseite geräumt ist.* («Kommunizierende Röhren»). Ein bestimmter plastischer Widerspruch oder jedenfalls der Widerschein eines tiefen seelischen Widerspruchs, der bei den ersten Zuständen der Skulptur zu beobachten war, ist zweifellos in der deutlich unterschiedenen Weise zu erkennen, mit der der Künstler den oberen Teil der Gestalt (sehr groß im Umriss, um, wie ich annehme, einigen immer niederdrückenden genauen Angaben der Erinnerung zu entfliehen) und den unteren Teil (sehr losgelöst, weil sicherlich unerkennbar) behandelt hatte. Die Maske, die einigen ausdrücklichen Ähnlichkeiten, die als erste die Aufmerksamkeit fesseln mussten, ihre Wirkung verdankte (so stellt sich für das Auge unvermeidlich eine Beziehung zwischen dem metallischen Netzwerk und einem Rad her), war als eine Vereinigung beider Behandlungsweisen auf kleinstem Raum anzusehen. Es scheint unmöglich, ihre Rolle zu unterschätzen, wenn man sich über die völlige organische Einheit dieses zarten und unwirklichen Frauenkörpers, den wir heute bewundern, klar geworden ist.

Der Versuch, die *Katalysator*-Rolle der Trouvaille aufzuzeigen, wäre in meinen Augen nicht so bedeutsam, wenn ich nicht am selben Tag – aber erst, nachdem ich Giacometti verlassen hatte – hätte erkennen können, dass der Holzlöffel einer ähnlichen Notwendigkeit entsprach, *obwohl mir, da es sich um mich selbst handelt, diese Notwendigkeit lange Zeit dunkler geblieben ist.* Beiläufig beobachte ich, dass beide

passant que ces deux trouvailles que Giacometti et moi nous faisons *ensemble* répondent à un désir qui n'est pas un désir quelconque de l'un de nous mais bien un désir de l'un de nous auquel l'autre, en raison de circonstances particulières, se trouve associé. Je dis que ce désir plus ou moins conscient – dans le cas précédent la hâte de voir apparaître la statue tout entière telle qu'elle doit être – n'entraîne de trouvaille à deux, sans doute à davantage, qu'autant qu'il est *axé sur des préoccupations communes typiques*. Je serais tenté de dire que les deux individus qui marchent l'un près de l'autre constituent une seule machine à influence *amorcée*. La trouvaille me paraît équilibrer tout à coup deux niveaux de réflexion très différents, à la façon de ces brusques condensations atmosphériques dont l'effet est de rendre conductrices des régions qui ne l'étaient point et de produire les éclairs.

Quelques mois plus tôt, poussé par un fragment de *phrase de réveil:* «le cendrier Cendrillon» et la tentation qui me possède depuis longtemps de mettre en circulation des objets oniriques et para-oniriques, j'avais prié Giacometti de modeler pour moi, en n'écoutant que son caprice, une petite pantoufle qui fût en principe la pantoufle perdue de Cendrillon. Cette pantoufle je me proposais de la faire couler en verre et même, si je me souviens bien, en verre gris, puis de m'en servir comme cendrier. En dépit des rappels fréquents que je lui fis de sa promesse, Giacometti oublia de me donner satisfaction. Le *manque*, éprouvé réellement, de cette pantoufle m'inclina à plusieurs reprises à une assez longue rêverie, dont je crois dans mon enfance retrouver trace à son propos. Je m'impatientais de ne pouvoir imaginer concrètement cet objet, sur la substance duquel plane d'ailleurs par surcroît l'équivoque euphonique du mot «vair». Le jour de notre promenade, il n'en était plus question entre Giacometti et moi depuis longtemps.

Funde, die Giacometti und ich *zusammen* machten, einem Wunsche entsprachen, der nicht einfach ein Wunsch von einem von uns war, sondern ein Wunsch eines jeden von uns beiden, mit dem sich der andere auf Grund besonderer Umstände verbunden fühlte. Ich behaupte, dass ein solcher mehr oder weniger bewusster Wunsch – im vorliegenden Fall der Drang, die ganze Statue so erscheinen zu sehen, wie sie sein muss – eine gemeinsame Trouvaille zuwegebringt, und dies gewiss desto mehr, je mehr er *auf typischen gemeinsamen Beschäftigungen beruht.* Ich bin versucht zu sagen, dass die beiden Einzelwesen, die nebeneinander her gehen, eine ineinander arbeitende Maschine sind, die Einfluss *zu nehmen begonnen hat.* Die Trouvaille scheint mir plötzlich die beiden sehr verschiedenen Betrachtungsebenen einander anzugleichen; in der Art plötzlicher atmosphärischer Verdichtungen, deren Wirkung darin besteht, dass sie Felder elektrisch aufladen, die es vorher nicht waren, und Blitze erzeugen.

Einige Monate vorher hatte ich, angeregt durch ein *Satzfragment beim Erwachen* – «der Aschenbecher Aschenputtel» – und veranlasst durch die Versuchung, die mich seit langem heimsuchte, traumhafte oder traumähnliche Gegenstände in Umlauf zu bringen, Giacometti gebeten, für mich – nur seiner Laune folgend – einen kleinen Pantoffel zu modellieren, der im Prinzip der verlorene Pantoffel Aschenputtels sein sollte. Diesen Pantoffel wollte ich in Glas blasen lassen, genauer gesagt, wenn ich mich recht erinnere, in grauem Glas, um mich seiner als Aschenbecher zu bedienen. Obwohl ich Giacometti häufig an sein Versprechen erinnerte, vergaß er es zu erfüllen. Das *Mangeln* dieses Pantoffels – wirklich als solches empfunden – rief bei mir mehrere Male eine ziemlich lange Träumerei hervor; Spuren davon glaube ich in meiner Kindheit wiederzufinden. Ich wurde ungeduldig, weil ich mir diesen Gegenstand nicht konkret vorstellen konnte; über seinem greifbaren Wesen schwebt übrigens außerdem die klangliche Doppeldeutigkeit des Wortes vair (*vair* = grauweißer Pelz; verre = Glas). Am Tag unseres Spaziergangs war zwischen Giacometti und mir schon lange nicht mehr die Rede davon gewesen.

C'est rentré chez moi qu'ayant posé la cuiller sur un meuble je vis tout à coup s'emparer d'elle toutes les puissances associatives et interprétatives qui étaient demeurées dans l'inaction alors que je la tenais. Sous mes yeux il était clair qu'elle changeait. De profil, à une certaine hauteur, le petit soulier de bois issu de son manche – la courbure de ce dernier aidant – prenait figure de talon et le tout présentait la silhouette d'une pantoufle à la pointe relevée comme celle des danseuses. Cendrillon revenait bien du bal! Le longueur réelle de la cuiller de tout à l'heure n'avait plus rien de fixe, ne pouvait présenter aucun caractère contrariant, elle tendait vers l'infini aussi bien dans le sens de la grandeur que dans celui de la petitesse: c'est, qu'en effet le petit soulier-talon présidait à l'enchantement, qu'en lui logeait le *ressort* même *de la stéréotypie* (le talon de ce soulier-talon eût pu être un soulier, dont le talon lui-même ... et ainsi de suite). Le bois d'abord ingrat acquérait par là la transparence du verre. Dès lors la pantoufle au talon-soulier qui se multipliait prenait sur l'étagère un vague air de se déplacer par ses propres moyens. *Ce déplacement devenait synchrone de celui de la citrouille-carrosse du conte*. Plus loin encore la cuiller de bois s'éclairait, d'ailleurs, en tant que telle. Elle prenait la valeur ardente d'un des ustensiles de cuisine qu'avait dû manipuler Cendrillon avant sa métamorphose. Ainsi se trouvait spécifié concrètement un des plus touchants enseignements de la vieille histoire: la pantoufle merveilleuse en puissance dans la pauvre cuiller. Sur cette idée se fermait idéalement le cycle des recoupements. Avec elle il devenait clair que l'objet que j'avais désiré contempler jadis s'était construit hors de moi, très différent, *très au-delà* de ce qu'eusse imaginé, et au mépris de plusieurs données immédiates trompeuses. C'était donc à ce prix, seulement à ce prix qu'en lui, encore une fois, la parfaite unité organique avait pu être atteinte.

Erst als ich nach Hause zurückgekehrt war und den Löffel auf ein Möbelstück gelegt hatte, sah ich plötzlich, wie alle Gefühls- und Gedanken-Verbindungen, die geschlummert hatten, solange ich ihn trug, sich seiner bemächtigten. Es war klar, dass er sich vor meinen Augen veränderte. Von der Seite gesehen nahm in einer gewissen Höhe der kleine hölzerne Schuh, der aus dem Stiel herauskam, dank dessen Biegung des Aussehen eines Absatzes an und das Ganze war die Silhouette eines Pantoffels mit nach oben gewölbter Spitze wie bei Tänzerinnen. Aschenputtel kam gerade vom Ball zurück! Die wirkliche Länge des Löffels von kurz vorher hatte nichts Festes mehr, konnte kein Hindernis darstellen; sie neigte zum Unendlichen sowohl im Großen wie im Kleinen: Wirklich, der kleine Schuhabsatz führte in eine Verzauberung, es fand sich in ihm selbst der *Ansatz zu stereotyper Wiederholung* (der Absatz dieses Schuhabsatzes hätte ein Schuh sein können, dessen Absatz seinerseits … usf.) Das zuerst reizlose Holz erhielt auf diese Weise die Durchsichtigkeit von Glas. Und alsbald schien sich der Pantoffel mit dem Schuhabsatz, der sich vervielfachte, von selbst auf dem Regal zu bewegen. *Er bewegte sich im gleichen Takt wie die Kürbis-Kutsche im Märchen.* Von etwas weiter entfernt übrigens gab sich der Holzlöffel als solcher zu erkennen. Er nahm die schmerzende Bedeutung eines der Küchengeräte an, die Aschenputtel vor seiner Verwandlung zweifellos gehandhabt hatte.

So fand sich eine der rührendsten Lehren der alten Geschichte darin verdeutlicht: der wunderbare Pantoffel war im armen Löffel enthalten. Mit dieser Vorstellung schloss sich der Kreis der Überschneidungen in idealer Weise. Durch sie wurde klar, dass der Gegenstand, den ich einst anzusehen gewünscht hatte, außerhalb von mir entstanden war, sehr verschieden, sehr jenseits von dem, was ich mir vorgestellt hatte, und mehrere unmittelbare trügerische Gegebenheiten außer acht lassend. Um diesen Preis und nur um diesen Preis hatte also in diesem Gegenstand noch einmal die vollkommene Gestalt-Einheit erreicht werden können.

La sympathie qui existe entre deux, entre plusieurs êtres semble bien les mettre sur la voie de solutions qu'ils poursuivraient séparément en vain. Cette sympathie ne serait rien moins que de nature à faire passer dans le domaine du hasard favorable (l'antipathie dans celui du hasard défavorable) des rencontres qui lorsqu'elles n'ont lieu que pour un seul ne sont pas prises en considération, sont rejetées dans l'accidentel. Elle mettrait en jeu à notre profit une véritable *finalité seconde,* au sens de possibilité d'atteindre un but par la conjugaison avec notre volonté – dont l'atteinte de ce but ne peut uniquement dépendre – d'une autre volonté humaine qui se borne à être favorable à ce que nous l'atteignions. (Il n'est pas douteux, en particulier, qu'il faille voir là la cause profonde de l'attachement surréaliste au jeu des définitions, des suppositions, des prévisions : «Qu'est-ce que . . . Si . . . Quand . . .*» qui m'est toujours apparu poétiquement comme la plus fabuleuse source d'images *introuvables.*) Sur le plan individuel l'amitié et l'amour, comme sur le plan social les liens créés par la communauté des souffrances et la convergence des revendications, sont seuls capables de favoriser cette combinaison brusque, éclatante de phénomènes qui appartiennent à des séries causales indépendantes. Notre chance est éparse dans le monde, qui sait, en pouvoir de s'épanouir sur tout, mais chiffonnée comme un coquelicot en bouton. Dès que nous sommes seuls à sa recherche elle repousse contre nous la grille de l'univers, alle joue pour nous duper sur la triste ressemblance des feuilles de tous les arbres, elle vêt le long des routes des robes de cailloux.

1er P.-S. (1934). – Comme j'achevais de rédiger cette communication, le désir me vint de la faire suivre, dans la revue où elle paraîtrait, d'une nouvelle série de ces Questions et Réponses : «Qu'est-ce que . . . ?

* Cf. *La Révolution surréaliste,* mars 1928 ; *Variétés, juin 1929.*

Die Sympathie, die zwischen zwei oder mehreren Wesen herrscht, scheint sie auf den Weg von Lösungen zu bringen, die sie einzeln umsonst suchen würden. Diese Sympathie wäre demnach geeignet, Begegnungen als im Bereich des günstigen Schicksals gelten zu lassen (Antipathie: als im Bereich des widrigen Schicksals), die, wenn nur eine einzige Person sie erlebt, nicht beachtet, sondern als Zufall abgetan werden. Sie brächte also zu unserem Vorteil einen wirklichen *zweiten Endzweck* ins Spiel, sozusagen die Möglichkeit, ein Ziel durch die Verbindung eines anderen menschlichen Willens mit dem eigenen zu erreichen, von dem aber die Entscheidung, ob man das Ziel erreicht, nicht allein abhängen kann – die Verbindung mit einem anderen menschlichen Willen, der sich damit begnügt, eine Gelegenheit herbeizuführen, dass man ihm begegnet. (Es besteht insbesondere kein Zweifel, dass man darin die tiefe Ursache der surrealistischen Vorliebe für das Spiel der Gleichsetzungen, der Vermutungen, der Ahnungen sehen muss: «Was ist das... Ob...Wenn...»*, das mir höchst poetisch immer als die fabelhafteste Quelle *unauffindbarer* Bilder erschienen ist.) Auf der individuellen Ebene sind Freundschaft und Liebe, wie auf der sozialen Ebene die Bindungen, die durch gemeinsames Leiden oder übereinstimmende Forderungen geschaffen werden, allein dazu fähig, eine solche plötzliche Kombination herzustellen, die von Erscheinungen überquillt, die zu voneinander unabhängigen Kausalzusammenhängen gehören. Unser Glück ist in der Welt verteilt und, wer weiß, in der Lage, sich in allen Bereichen zu entfalten – aber erst noch ist es zusammengeknüllt wie eine Mohnblume in der Knospe. Sobald wir nach ihm suchen, stößt es das Gitter zum Universum uns vor der Nase zu und spielt uns etwas vor, damit wir die traurige Ähnlichkeit der Blätter an allen Bäumen nicht bemerken, und kleidet die Straßen in Gewänder aus Kieselsteinen.

Erstes Postskript (1934). – Als ich diesen Bericht gerade eben fertig redigiert hatte, kam mir der Wunsch, ihm in der Zeitschrift, in der er erscheinen sollte, eine weitere Anzahl von Fragen und Antworten folgen zu lassen: «Was ist das? –

* Vgl. la Revolution surréaliste, März 1928; Variété, Juni 1929.

– C'est . . .*» (les secondes fournies en toute ignorance des premières) qui témoignât du fait que, mes amis et moi, nous n'avons aucune tendance à nous blaser, en particulier, sur ce système original de définitions. A vrai dire il me paraît secondaire de savoir si certaines des réponses en cause ne sont pas interchangeables: je ne me refuse pas à admettre qu'elles le sont et, par suite, je juge inutile de faire intervenir ici le calcul des probabilités. Pareillement il se peut qu'à défaut de la cuiller et du masque, d'autres objets découverts le même jour eussent été capables de remplir le même rôle. – Je consacrai quelques instants à relever, sur les documents en ma possession, les phrases qui me paraissaient pouvoir être réunies sous le titre: «Le dialogue en 1934». Dans l'impossibilité matérielle où j'étais de les retenir toutes, force me fut, évidemment, de préférer celles-ci à celles-là. Malgré mon effort d'objectivité, je n'oserais prétendre avoir extrait le meilleur, ni le plus significatif. Une conversation, le soir même, avec Giacometti, put en effet me donner à penser que tout ce qui avait été omis ne l'avait pas été pour des raisons très valables. Revenant avec lui sur l'une des réflexions qu'avait fait naître notre promenade, à savoir l'incapacité où j'étais, par suite du maintien de la *censure*, de justifier pleinement la nécessité pour moi, à ce moment, de la cuiller, je me souvins *brusquement* qu'une des définitions que j'avais écartées (comme trop compliquée, trop facilement pittoresque, me semblait-il) énumérait des éléments de nature, à première vue, disparate: des cuillers – et même de «grandes» cuillers – des coloquintes «monstres» et quelque chose sur quoi la mémoire me faisait défaut. Ces seuls éléments connus pouvaient suffire à me faire penser que je me trouvais en présence d'une fi-

** Giacometti: «Qu'est-ce que le violet?» Breton: «C'est une mouche double.» Breton: «Qu'est-ce que l'art?» Giacometti: «C'est une coquille blanche dans une cuvette d'eau.» Etc.*

Das ist».* (Die Antworten werden gegeben, ohne dass man die Fragen kennt.) Das beweißt, dass wir, meine Freunde und ich, keine Neigung zeigen, gerade diesem eigentümlichen Gleichsetzungs-Spiel gegenüber abzustumpfen. Im Grunde erscheint es mir weniger wichtig zu wissen, ob einige der Antworten, die angeboten werden, etwa austauschbar sind: ich weigere mich nicht zuzugeben, dass sie es sind, und von daher finde ich es unnütz, die Wahrscheinlichkeitrechnung darüber befinden zu lassen. Demnach ist es denkbar, dass, wenn wir nicht den Löffel und die Maske gefunden hätten, andere Gegenstände, am selben Tag von uns entdeckt, die gleiche Rolle hätten spielen können. – Ich habe ein wenig Zeit drangegeben, um in den Dokumenten, die ich aufbewahrt habe, diejenigen Sätze zu unterstreichen, die man unter dem Titel «Der Dialog 1934» zusammenstellen könnte. Nun sah ich mich tatsächlich außerstande, sie alle festzuhalten; ich musste unweigerlich einige Sätze einigen anderen vorziehen. Trotz meiner Anstrengung, objektiv zu sein, würde ich nicht zu behaupten wagen, dass ich das Beste oder Bezeichnendste ausgewählt habe. Eine Unterhaltung, die ich am selben Abend mit Giacometti hatte, konnte mich ernstlich auf den Gedanken bringen, dass nicht bei allem, was ich ausgelassen hatte, stichhaltige Gründe im Spiele waren. Als ich mit ihm auf eine der Überlegungen zurückkam, die damals unser Spaziergang geweckt hatte – es war die Unfähigkeit, auf Grund der Zensur, der ich unterlag, die Notwendigkeit des Löffels für mich in diesem Augenblick völlig zu rechtfertigen –, erinnerte ich mich *plötzlich,* dass eine der Gleichsetzungen, die ich (als zu umständlich, auf billige Weise kraus, wie mir schien) ausgeklammert hatte, Elemente zusammenbrachte, die auf den ersten Blick nichts miteinander zu tun hatten: Löffel – sogar «große Löffel» – «monströse» Kürbisse – und etwas Drittes, was mir nicht mehr einfallen wollte. Diese paar bekannten Elemente genügten, um mich darauf hinzuweisen, dass ich mich vor einem symbolischen Bilde der

* Giacometti: «Was ist das Violette?» Breton: «Das ist eine doppelte Fliege.» Breton: «Was ist die Kunst?» Giacometti: «Das ist eine weiße Muschel in einer Schüssel mit Wasser.» U.s.w.

guration symbolique de l'appareil sexuel de l'homme, dans laquelle la cuiller tenait la place du pénis. Mais le recours au manuscrit, en vue de combler la lacune qui restait, m'ôta toute espèce de doute à cet égard: «Qu'est-ce que l'automatisme? m'avait-on demandé. – Ce sont de grandes cuillers, des coloquintes monstres, des lustres de bulles de savon.» (On voit qu'à travers la persistance de l'idée délirante de grandeur, le sperme était ce qui avait tenté de se dérober le plus longtemps à ma reconnaissance.) Il devenait clair, dans ces conditions, que tout le mouvement de ma pensée antérieure avait eu pour point de départ l'égalité objective: pantoufle = cuiller = pénis = moule parfait de ce pénis. De ce fait plusieurs autres données de l'énigme s'illuminaient: le choix du verre gris comme matière dans laquelle pouvait être conçue électivement la pantoufle s'expliquait par le désir de concilier les deux substances très distinctes que sont le verre (proposé par Perrault) et le vair, son homophone, dont la substitution au premier rend compte d'une correction d'usage très significative (il est remédié, par là, à la propriété du verre d'être cassant et il est créé une ambiguïté supplémentaire favorable à la thèse que je défends ici. A remarquer, d'ailleurs, que la fourrure de vair, lorsqu'elle n'était constituée que de dos d'écureuils, prenait le nom de *dos de gris,* ce qui ne va pas sans rappeler que, pour l'aînée de ses sœurs, l'héroïne de Perrault s'appelait *Cucendron*).

Je ne saurais trop insister sur le fait que la pantoufle de Cendrillon est ce qui prend, par excellence, dans notre folklore la signification de l'*objet perdu,* de sorte qu'à me reporter au moment où j'ai conçu le désir de sa réalisation artistique et de sa possession, je n'ai aucune peine à comprendre qu'elle symbolisait pour moi une femme *unique, inconnue,* magnifiée et dramatisée par le sentiment de ma solitude et de la nécessité impérieuse d'abolir en moi certains souvenirs. Le besoin d'aimer, avec tout ce qu'il comporte

männlichen Geschlechtsorgane befand, in dem der Löffel die Stelle des Penis vertrat. Der Rückgriff auf das Manuskript mit dem Bestreben, die verbliebene Lücke zu schließen, nahm mir jeden Zweifel in dieser Richtung: «Was ist Automatismus?» so hatte die Frage gelautet. – «Das sind große Löffel, Riesen-Kürbisse, Kronleuchter aus Seifenblasen.» (Man sieht, dass es das Sperma war, was sich durch das Fortbestehen der verrückten Größenvorstellung am längsten meiner Erkenntnis zu entziehen versucht hatte.) Es wurde unter diesen Umständen klar, dass die ganze Bewegung meiner vorigen Idee als Ausgangspunkt die Gleichung gehabt hatte: Pantoffel = Löffel = Penis = vollkommenes Modell des Penis. Von daher erhellten sich mehrere andere Komponenten des Geheimnisses: Die Wahl des grauen Glases als Material, in dem der Pantoffel eigentlich ausgeführt werden sollte, erklärte sich aus dem Wunsch, die beiden sehr unterschiedlichen Stoffe, nämlich das Glas (le verre), das Perrault vorschlägt, und das Fell aus Feh (le vair), sein Homophon, zu versöhnen; des vair, dessen Einsetzen anstelle des ersten eine sehr bezeichnende Änderung des Gebrauchs erkennen lässt (von daher wird der Eigenschaft des Glases, zerbrechlich zu sein, abgeholfen und eine weitere Zweideutigkeit geschaffen, die der These, die ich hier vertrete, dienlich ist). Es ist übrigens zu bemerken, dass das Fell aus Feh, wenn es nur aus dem Rücken von Eichhörnchen besteht, den Namen *Graurücken* erhält, wobei man nicht umhin kann, daran zu erinnern, dass die Titel-Gestalt in Perraults Märchen für die älteste ihrer Schwestern *Cucendron* hieß.

Ich kann gar nicht genug betonen, dass der Pantoffel des Aschenputtel das ist, was in unseren volkstümlichen Vorstellungen vor allem die Bedeutung des *verlorenen Gegenstandes* hat, so dass ich, wenn ich an den Augenblick denke, da ich den Wunsch nach seiner künstlerischen Verwirklichung und seinem Besitz fasste, mühelos begreifen kann, dass er für mich eine *einzige, unbekannte* Frau symbolisierte, die wunderbarer und aufregender wurde durch das Gefühl meiner Einsamkeit und der gebieterischen Notwendigkeit, in mir bestimmte Erinnerungen abzutöten. Das Bedürfnis zu lieben,

d'exigence bouleversante au point de vue de l'unité (de l'unité-limite) de son objet ne trouve ici rien de mieux à faire que de reproduire les démarches du fils du roi dans le conte, faisant essayer la pantoufle «la plus jolie du monde» à toutes les femmes du royaume. Le contenu latent, sexuel, est assez transparent sous les mots: «Que je voie, dit en riant Cendrillon, si elle ne me serait pas bonne» . . . «Il vit qu'elle y entrait sans peine et qu'elle y était juste comme de cire.»

2e *P.-S. (1936).* – «D'Éros et de la lutte contre Éros!» Dans sa forme énigmatique, cette exclamation de Freud* parvient certains jours à m'obséder comme le peuvent seuls certains vers. En relisant, deux ans après, ce qui précède, je dois m'avouer que si j'ai réussi à me fournir sur-le-champ une interprétation valable de la trouvaille de la cuiller, il semble que, par contre, je me sois montré assez réticent sur celle du masque: 1° il est à remarquer qu'en dépit de sa singularité *je n'en convoite pas la possession* mais que j'éprouve un certain plaisir à ce que Giacometti se l'approprie et que je me hâte de justifier de sa part cette acquisition; 2° la publication en juin 1934 des pages qui précèdent sous le titre: «Équation de l'objet trouvé» dans la revue belge *Documents* me vaut aussitôt une longue lettre très troublante de Joe Bousquet qui reconnaît formellement ce masque pour un de ceux qu'il eut à distribuer à sa compagnie en Argonne, un soir de boue de la guerre, à la veille de l'attaque où un grand nombre de ses hommes devaient trouver la mort et lui-même être atteint à la colonne vertébrale de la balle qui l'immobiliserait. Je regrette de ne pouvoir citer ici des fragments de cette lettre que malheureusement et sans doute *symptomatiquement* j'ai perdue, mais je me souviens qu'elle insistait, de la manière la plus tragique, sur le rôle maléfique de ce masque, non seulement d'une

* Freud: *Essais de psychanalyse:* Le Moi et le Soi (Payot, édit.).

mit allem, was es an umwälzender Forderung vom Standpunkt der Einheit (der Einheit-Grenze) seines Gegenstandes bedeutete, kann hier nichts Besseres tun, als den Weg des Königssohns im Märchen zu beschreiben, der alle Frauen des Königreiches den «hübschesten Pantoffel der Welt» anprobieren lässt. Der verborgene sexuelle Gehalt ist recht deutlich in den Worten: «Ich will sehen, sagte Aschenputtel lachend, ob er mir nicht passt» ... «Er sah, dass sie ohne Mühe hineinschlüpfte, und dass er sich anschmiegte wie Wachs.»

Zweites Postskript (1936) «Vom Eros und dem Kampf gegen den Eros!» In seiner rätselhaften Form gelingt es diesem Ausruf von Freud*, mich an einigen Tagen heimzusuchen, wie es nur bestimmte Verse können. Wenn ich nun zwei Jahre später das Vorangegangene wiederlese, muss ich mir folgendes eingestehen: Mag es mir auch gleich gelungen sein, mir eine gültige Erklärung für den Fund des Löffels zu liefern, so kommt es mir doch so vor, als hätte der Fund der Maske mich ziemlich zögern lassen. Erstens ist hervorzuheben, dass ich trotz ihrer Eigentümlichkeit *nicht ihren Besitz begehre,* sondern ein gewisses Vergnügen daran habe, dass Giacometti sie erwirbt, und dass ich mich beeile, diese Erwerbung durch ihn gutzuheißen. 2. Nach der Veröffentlichung der vorangehenden Seiten im Juni 1934 unter dem Titel «Gleichung der Fundgegenstände» in der belgischen Zeitschrift «Documents» erhielt ich alsbald einen sehr aufwühlenden langen Brief von Joe Bousquet, der die Maske nach der Beschreibung ihrer Form als eine von denen erkannte, die er an einem Abend voller Kriegsschmutz seiner Kompanie in den Argonnen hatte austeilen müssen, am Abend vor einem Angriff, bei dem eine große Zahl seiner Leute umkommen und er selbst von einer Kugel an der Wirbelsäule getroffen und dadurch gelähmt werden sollte. Ich bedaure, dass ich hier nicht Textstellen aus dem Brief, den ich unglücklicher- und zweifellos *symptomatischer*weise verloren habe, zitieren kann, aber ich erinnere mich, dass er auf die tragischste Weise auf der unheilvollen Rolle dieser Maske

* Freud: Psychoanalytische Schriften: Das Ich und das Es.

protection illusoire mais encore embarrassant, lourd, égarant, *d'un autre temps* et qui dut être abandonné à la suite de cette expérience ; 3° j'ai appris récemment d'elles-mêmes que, tandis que Giacometti et moi nous examinions cet objet, nous avions été *vus sans les voir* par deux personnes qui venaient, quelques secondes plus tôt, de le manipuler : l'une de ces personnes, disparue pour moi durant des années, n'est autre que celle à qui s'adressent les dernières pages de *Nadja* et qui est désignée par la lettre X dans *Les Vases communicants*, l'autre était son ami. Quoique intriguée par le masque elle l'avait reposé comme moi. «D'Éros et de la lutte contre Éros !» Ma gêne, peut-être antérieurement la sienne devant le masque – sur l'usage duquel devaient me parvenir peu après de si pénibles éclaircissements, – l'étrange figure (en forme d'X mi-sombre mi-clair) que forme cette rencontre ignorée de moi mais non d'elle, rencontre axée si précisément sur un tel objet, me donnent à penser qu'à cet instant il précipite en lui l' «instinct de mort» longtemps dominant pour moi par suite de la perte d'un être aimé, par opposition à l'instinct sexuel qui, quelques pas plus loin, allait trouver à se satisfaire dans la découverte de la cuiller. Ainsi se vérifie on ne peut plus concrètement la proposition de Freud : «Les deux instincts, aussi bien l'instinct sexuel que l'instinct de mort, se comportent comme des instincts de conservation, au sens le plus strict du mot, puisqu'ils tendent l'un et l'autre à rétablir un état qui a été troublé par l'apparition de la vie.» Mais il s'agissait de pouvoir recommencer à aimer, non plus seulement de continuer à vivre ! Les deux instincts, par cela même, n'ont jamais été plus exaltés qu'on peut les observer sous le déguisement ultra-matériel des pages 39 et 40, déguisement qui leur permet alors de m'éprouver, de mesurer sur moi leur force coup sur coup.

bestand, die nicht nur als Schutz wertlos, sondern geradezu störend, belastend, irritierend, *aus einer anderen Zeit* war, und auf die man nach dieser Erfahrung hat verzichten müssen. 3. haben mir kürzlich zwei Personen mitgeteilt, dass Giacometti und ich, während wir diesen Gegenstand ansahen von ihnen *gesehen wurden, ohne dass wir selbst sie sahen*: sie hatten ihn einige Sekunden zuvor in der Hand gehabt. Die eine der Personen, die für mich Jahre hindurch verschwunden gewesen war, war keine andere als die, an die sich die letzten Seiten von «Nadja» wenden, und die in «Die kommunizierenden Röhren» mit dem Buchstaben X bezeichnet wird; die andere war ihr Freund. Obwohl sie durch die Maske neugierig gemacht worden war, hatte sie sie, wie ich, zurückgelegt. «Vom Eros und dem Kampf gegen den Eros!» Meine Hemmung – vielleicht zuvor die ihre – angesichts der Maske, über deren Verwendung ich kurz danach so unangenehme Aufklärungen bekommen sollte; die seltsame Anordnung dieses Treffens, von dem ich nichts wusste, wohl aber sie (also wie ein halb dunkles, halb helles X), eines Treffens, das sich genau nach einem derartigen Gegenstand richtet: dies alles lässt mich vermuten, dass der Gegenstand in diesem Augenblick den «Todestrieb» in Gang setzte, der für mich durch den Verlust eines geliebten Wesens so lange vorherrschend war – im Gegensatz zum Sexualtrieb, der einige Schritte weiter in der Entdeckung des Löffels seine Befriedigung finden sollte. So bestätigt sich der Lehrsatz Freuds in der greifbarsten Weise: «Beide Triebe (sowohl der Sexualtrieb wie der Todestrieb) benehmen sich dabei im strengsten Sinne konservativ, indem sie die Wiederherstellung eines durch die Entstehung des Lebens gestörten Zustandes anstreben.» Aber es handelte sich darum, von neuem lieben zu können, nicht nur weiter zu leben! Die beiden Triebe waren deshalb nie erhabener, als man sie in der ultra-materiellen Verkleidung der vorhergehenden Seiten beobachten kann, einer Verkleidung, die ihnen erlaubt, mich zu prüfen, Schlag auf Schlag ihre Kraft an mir zu erproben.

Nachwort

Der Surrealismus, eine der bedeutendsten literarischen Strömungen des 20. Jahrhunderts, blieb dennoch in Deutschland bis in die sechziger Jahre nahezu unbekannt, und bis heute hat er, obwohl die wichtigsten Werke inzwischen übersetzt worden sind, keine breite Leserschaft gefunden: zu ermüdend und zu verschlüsselt sind seine Werke. So blieb der Begriff Surrealismus, den André Breton der Bewegung in Anlehnung an eine Bezeichnung Guillaume Apollinaires für sein Theaterstück *Les Mamelles de Tiresias* gab, weithin mit der Vorstellung des Absurden, Verzerrten, Traumhaften verbunden. Für dieses Taschenbuch sind kurze Texte (auch Ausschnitte) ausgewählt worden, durch deren Lektüre vielleicht etwas mehr Verständnis für den Surrealismus geweckt wird. Die Auswahl konzentriert sich auf die Werke des frühen Kerns der surrealistischen Gruppe. Texte von später Hinzugekommenen, z. B. von Salvador Dali, wurden nicht aufgenommen. Keinen Eingang fanden ferner rein programmatische Texte, wie sie namentlich von André Breton, dem Haupt-Initiator des Surrealismus, häufig niedergeschrieben wurden.

Als Breton 1924 das erste surrealistische Manifest verfasste, definierte er den Surrealismus folgendermaßen: «Surrealismus, das ist reiner psychischer Automatismus, durch den man sich vornimmt, mündlich oder schriftlich oder in jeder anderen Form das eigentliche Denk-Geschehen auszudrücken. Er ist das Diktat des Gedankens ohne jegliche durch den Verstand ausgeübte Kontrolle, außerhalb aller ästhetischen und moralischen Bedenken.» (André Breton: *Manifestes du surréalisme,* Paris 1963, S.37.)

Die Entstehung des Surrealismus ist nicht denkbar ohne den Ersten Weltkrieg, den eine Gruppe von jungen Dichtern – André Breton, Louis Aragon, Philippe Soupault, Paul Eluard – ungefähr zwanzigjährig miterlebten und der durch seine Grausamkeit und Sinnlosigkeit das Wertsystem der bürgerlichen Gesellschaft, vor allem ihre Rationalität, in

Frage stellte. André Breton, der zum Initiator und Wortführer der Gruppe der Surrealisten werden sollte, hatte als Medizinstudent während des ersten Weltkrieges im Centre psychiatrique de la IIième Armée von Saint Dizier Geisteskranke zu betreuen, bei denen schon damals Freudsche Techniken des Traumprotokolls und des Aufzeichnens freier Assoziationen angewandt wurden. Wichtig wurde außerdem für ihn die Begegnung mit Jacques Vaché (im Militärhospital von Nantes). Dieser fiel ihm durch sein Gebaren auf, das die Weigerung ausdrückte, am Kriegs- oder am kulturellen Geschehen teilzunehmen. Breton sagte später über ihn: «Ohne ihn wäre ich vielleicht ein Dichter geworden». In der Ablehnung der bürgerlichen Rationalität galt es zu neuen Erkenntnissen vorzustoßen, um dadurch neue Lebensformen zu finden. Es liegt nahe, dass mit einer derart veränderten Auffassung von der menschlichen Psyche eine Kritik an der geltenden Literatur, namentlich am realistischen Roman und an der symbolistischen Dichtung, einher ging, die in eine allgemeine Literaturfeindlichkeit umschlug.

Man hat oft vom Einfluss Sigmund Freuds auf André Breton gesprochen, doch sind dessen Zielsetzungen ganz andere. Während Freud die Erforschung des Unbewussten letzlich wieder dem Bewusstsein und seiner Erweiterung unterordnet, geht es Breton um die Erweiterung des Bereichs des Unbewussten unter Ausschaltung des Bewusstseins, das für ihn gleichbedeutend ist mit Konventionalität, bürgerlicher Rationalität. Während Freud sagt: «Wo Es ist, soll Ich werden», ist es bei den Surrealisten gerade umgekehrt «Wo Ich ist, soll Es werden». Mittel zu diesem Zweck ist die «écriture automatique». Diese ist jedoch nicht mit dem Traum, der nach Freud einer Zensur unterliegt, sondern vielmehr mit den freien Assoziationen zu vergleichen, bei denen das Individuum seine Selbstkritik und die vorgegebenen Normen, eben das, was zu Entstellung der Gedanken im eigentlichen Traum beiträgt, auszuschalten versucht.

«Lassen Sie sich Schreibzeug bringen», heißt es im ersten surrealistischen Manifest, «nachdem sie sich an einem Ort niedergelassen haben, der möglichst günstig ist für die Kon-

zentration Ihres Geistes auf sich selbst. Begeben Sie sich in den passivsten, aufnahmebereitesten Zustand, der Ihnen möglich ist. Sehen Sie ab von Ihrem Genie, Ihren Talenten und von denen der anderen. Sagen Sie sich vielmehr, dass die Literatur einer der traurigsten Wege ist, an irgend etwas heranzugehen. Schreiben Sie schnell ohne vorgefassten Gegenstand, schnell genug, um nicht innezuhalten und nicht versucht zu sein, das Geschriebene wiederzulesen. Der erste Satz wird ganz von allein kommen, so wahr jede Sekunde einen Satz bereithält, der unserem bewussten Denken fremd ist und der nichts anderes will als sich äußern. Es ist nun ziemlich schwer zu sagen, wohin der folgende Satz fallen wird; zweifellos nimmt er zugleich an unserer bewussten Aktivität und an der unbewussten teil, wenn denn der Umstand, dass man den ersten geschrieben hat, ein Minimum an Wahrnehmungsfähigkeit bedeutet. Es muss Ihnen übrigens gleichgültig sein; darin besteht zum größten Teil der Reiz des surrealistischen Spiels. (...) Fahren Sie fort, solange es Ihnen gefällt. Vertrauen Sie sich dem unerschöpflichen Gemurmel an. Wenn sich Stille zu verbreiten droht, weil Sie einen Fehler begangen haben (einen Flüchtigkeitsfehler, könnte man sagen), ziehen Sie unverzüglich einen klaren Trennungsstrich. Lassen Sie auf ein Wort, dessen Ursprung Ihnen zweifelhaft erscheint, irgendeinen Buchstaben folgen, den Buchstaben l zum Beispiel, immer den Buchstaben l; stellen Sie Willkürlichkeit her, indem Sie diesen Buchstaben zum Anfangsbuchstaben des folgenden Wortes machen.» (André Breton: *Manifestes du surréalisme*, Paris 1963, S.42/43.) Die «écriture automatique» ist nicht Mittel zur Analyse des Traums, sondern Selbstzweck.

1917 hörte André Breton von Tristan Tzara und der dadaistischen Bewegung in Zürich. Er nahm alsbald Kontakt mit Tzara auf, und als dieser 1920 nach Paris kam, gehörten Breton und seine Freunde eine Zeitlang der dadaistischen Bewegung an, bis sich zeigte, dass sie nicht bei dem Provokatorischen, Zerstörerischen der Dadaisten stehen bleiben wollten. 1920 erschien, in Zusammenarbeit von André Breton und Philippe Soupault, der erste automatisch verfasste Text, *Les*

Champs magnétiques; 1922 erschien das Gedicht *Rrose Sélavy* von Robert Desnos, der in besonderem Maße die Fähigkeit besaß, in die für das Abfassen automatischer Texte geeignete Trance zu verfallen. Initiator dieser somnambulistischen Experimente war der 1921 zu der Gruppe hinzugekommene René Crevel, der bei einer spiritistischen Sitzung die Fähigkeit erlangt hatte, sich in Schlafzustände zu versetzen.

Übrigens verdanken nicht alle der in diesem Band wiedergegebenen Texte ihre Entstehung der automatischen Schreibweise; vielmehr treffen wir bei anderen Texten auf Beschreibung (*Le Paysan de Paris*), tagebuchartige Notizen (*Nadja*) und die beinahe analytische Schilderung eines Besuches auf dem Flohmarkt mit dem Auffinden surrealistischer Gegenstände (*L'Amour fou*). In *L'Immaculée Conception* handelt es sich um den Nachvollzug verschiedener Formen von Geisteskrankheiten. Die Beiträge aus *La Révolution Surréaliste*, der 1924-29 erscheinenden Zeitschrift der Surrealisten (in der auch Michel Leiris, Raymond Queneau, Antonin Artaud, René Crevel, Benjamin Péret geschrieben haben, die nicht zum Kern der Surrealisten gehören) sind z. T. Traum-Protokolle, bei denen man fragen mag, wie weit sie echt sind. André Breton hat den automatischen Texten bis auf den ersten Anstoß immer eine gewisse Bewusstheit zugestanden und sie auch für deutbar gehalten. Analysen zeigen, dass sie meist sehr durchgearbeitet sind.

Der Surrealismus ist nicht denkbar ohne den Hintergrund der Großstadt und ihrer baulichen und technischen Veränderungen im Zuge der Industrialisierung. Es ist nicht das bürgerliche Paris, sondern das der kleinen Existenzen, die durch diese Veränderungen gefährdet sind. Louis Aragon beschreibt in *Le Paysan de Paris* die Opern-Passage mit ihren Geschäften und leitet aus deren Bedrohung durch die Umbauten eine «Mythologie moderne» ab. Breton durchstreift in *Nadja* mit der besonders gut als Medium geeigneten jungen Frau Straßen und Stadtviertel von Paris wie das berüchtigte *Terrain vague* der Place Dauphine oder die Gegend um die Portes Saint Denis und Saint Martin, das unweit des Cimetière Lachaise gelegene Ménilmontant. Angesichts von Nadja und

den traumhaften Objekten, mit denen Breton durch sie in Berühung kommt, schreibt Walter Benjamin: «... im Mittelpunkt dieser Dingwelt steht das Geträumteste ihrer Objekte, die Stadt Paris selbst. Aber erst die Revolte treibt ihr surrealistisches Gesicht restlos heraus (...) Und kein Gesicht ist in dem Grade surrealistisch wie das wahre Gesicht einer Stadt.» (Walter Benjamin: *Angelus Novus*, Frankfurt 1966, S. 205/206.) In *L'Amour fou* entdecken André Breton und Giacometti die Gegenstände, die sie für die Fortführung ihrer künstlerischen Arbeit brauchen, auf dem Flohmarkt; der Unbekannten, die er 1923 in einem Gedicht geschildert hat, begegnet Breton 1934 im Hallenviertel.

An die bedrohten Stadtviertel und die auf dem Flohmarkt aufgefundenen Objekte schlossen die Surrealisten geradezu einen Mythos, der mit der Aufhebung der bürgerlichen Wertvorstellungen einherging. Sie brachen ihn allerdings zugleich ironisch. (Vgl. Annette Tamuly: *Le surréalisme et le mythe*, New York, Frankfurt am Main, Paris 1995)

Sowohl in *Nadja* als auch in *L'Amour fou* wechselt der Bericht mit beinahe analytischen Passagen und Kommentaren, wie sie dem wissenschaftlichen Anspruch Bretons entsprechen. Sie beruhen auf tatsächlichen Erlebnissen, die für die Surrealisten bedeutsam waren. Immer wird das Mitspielen des Unbewussten betont: Einmal bei Nadja, die von Breton bewundert wurde, weil sie sich der Zweckrationalität der Gesellschaft zu entziehen wusste und weil sie beinahe telepathische Begriffe und Bilder benützte, wie sie die Surrealisten um diese Zeit beschäftigten. Sie befremdete ihn freilich zugleich durch ihre Unberechenbarkeit, das Zurückgezogensein auf ihre eigene Welt, so dass er sich schließlich von ihr abwandte (Nadja kam in eine psychiatrische Anstalt). Zum andern in *L'Amour fou*, wo sich Zufallsfunde auf dem Flohmarkt von Saint-Ouen als geeignet erwiesen, über emotionale Unsicherheiten hinwegzuhelfen, unbewusste Wünsche zu erfüllen. In *L'Amour fou* – es ist anzunehmen, dass Breton um diese Zeit Freuds *Traumdeutung*, die 1926 übersetzt wurde, schon kannte – spielt Breton offen auf Freud an und zitiert ihn sogar. Er wandelt seine Ideen dahingehend ab,

dass er glaubt, umfassender Eros könne die Menschheit befreien. Hierbei kommt den «Trouvaillen», den Fundgegenständen, ungefähr die gleiche Aufgabe zu wie den Metaphern und Symbolen im Traum. Sie erweisen sich bei näherer Kenntnis der Zusammenhänge als bedeutungsschwer, da sie aus unbewussten Motiven gewählt werden oder unbewusste Wünsche erfüllen. Ihrem eigentlichen Zweck sind sie entfremdet, die ursprüngliche Funktion überlappt sich mit der neuen. Gegenstände, die nicht mehr ihrem eigentlichen Gebrauch dienen, eignen sich besonders zu surrealistischer Wirksamkeit. (Vgl. hierzu Christian Kellerer: *Objet trouvé und Surrealismus*, Hamburg 1968, S.29 f.) Es bleibt offen, ob es sich um eine literarische Suche oder nicht vielmehr um ein Experiment der Bewusstseinserweiterung handelt.

Wichtig bei der Befreiung des Eros ist vor allem die Begegnung mit der Frau, die die Erfüllung bringen soll. Die scheinbar sinnlosen Streifzüge der Surrealisten durch Paris und seine Vororte zielten denn auch auf diesen glücklichen Zufall, wie er André Breton in *Nadja* auf den Boulevards mit dem telepathischen Mädchen zusammen führt. Aber auch in den *Kommunizierenden Röhren* und vor allem in *L'Amour fou* spielen sie eine Rolle. In *L'Amour fou* begegnet er unweit der *Tour Saint Jacques* seiner späteren Frau Jacqueline, ein Ereignis, das er elf Jahre zuvor in dem Gedicht *Sonnenblume* vorweggenommen hatte. Dabei ist es deutlich, dass sich nicht um sexuelle Befreiung als rein physischen Akt geht, sondern um die Sehnsucht nach dem «coup de foudre», der großen Liebe auf den ersten Blick, die das ganze bisherige Leben des Liebenden verwandelt, wie es bei der Begegnung mit der «toute-puissante ordonnatrice de la nuit du tournesol» der Fall ist. Freilich bleibt das Frauenbild auch bei den Surrealisten der patriarchalischen Vorstellungswelt verhaftet.

Die surrealistische Revolte von 1925 an ging teilweise eng mit dem Bestreben einher, sich politisch auf kommunistischer Seite zu engagieren. Aber bald ergaben sich Konflikte mit der französischen kommunistischen Partei, die um diese Zeit sehr doktrinär war. Nur Naville und Aragon bewerteten das gesellschaftliche politische Engagement höher als das

künstlerische. Sie wurden wie viele andere von Breton aus der surrealistischen Gruppe ausgeschlossen, während er selbst zwischen der Politik und seinen künstlerischen Zielen zu vermitteln suchte. Andere Surrealisten wie Soupault und Artaud hingegen wollten die künstlerischen Zielsetzungen in den Vordergrund gehoben wissen. Auf dem 1935 veranstalteten «Congrès international des écrivains pour la défense da la culture» ergab es sich, dass die Surrealisten revolutionäre Ziele vertraten, die die KPF auf Weisung aus Moskau bereits aufgegeben hatte, so dass sie als Linksabweichler dastanden. Von daher ist ihr späteres Stillschweigen zu erklären, denn durch ihre radikal revolutionäre Haltung hatten sie sich der Möglichkeit des Eingreifens in die aktuelle Politik begeben. Ein Beispiel für die revolutionäre Sichtweise der Surrealisten, die stark über die der KPF hinausging, sich auch stärker auf die individuelle geistige Ebene erstreckte, ist der vorne wiedergegebene Aufsatz René Crevels *Das Glück des Jahrhunderts in La Révolution Surréaliste.*

Die Bedeutung der Surrealisten ist eher auf geistig literarischem Gebiet als auf politischem oder gar wissenschaftlichem zu suchen. Jean Starobinsky hat in einem Aufsatz festgestellt, dass André Bretons Analysen stark auf okkultistischen Anschauungen beruhen, was ganz der irrationalen Seite des Surrealismus entspricht. (Jean Starobinski: *Freud, Breton, Myers,* in *Critiques de notre temps et Breton*. Prés. de Marguerite Bonnet, Paris, Garnier 1974). Bei Breton wie übrigens auch bei René Crevel, und, wie wir an dem Text von Antonin Artaud sehen können, auch bei anderen Mitgliedern der surrealistischen Gruppe, spielen Okkultismus und Wahrsagerei eine nicht unwichtige Rolle.

Aus der Bewegung, die sich so antiliterarisch gibt, sind dennoch eine ganze Reihe bedeutender Schriftsteller und Dichter hervorgegangen. Die «Écriture automatique» hat den Anstoß zu neuen literarischen Werken gegeben, die, wenn sie sich auch über alle Konventionen hinwegsetzten, doch wieder Aufbauwillen und schöpferisches Engagement zeigen. Es würde hier zu weit führen, auf eine Geschichte der surrealistischen Bewegung, die sich in der Hauptsache zwischen den Weltkrie-

gen erstreckt, näher einzugehen (vgl. hierzu Maurice Nadeau: *Geschichte des Surrealismus*, Frankfurt 1971). Es sollten nur an Hand von Texten aus der Kerngruppe einige der wichtigsten Charakteristika gezeigt werden.

Außer der Kerngruppe gehörten der surrealistischen Bewegung zeitweilig an: Antonin Artaud, Aimé Césaire, René Char, René Crevel, Pierre Drieu de La Rochelle, Julien Gracq, Man Ray, Francis Picabia, Gisèle Prassinos, Jacques Prévert, Georges Ribemont-Dessaignes, Georges Sedoul, Tristan Tzara, Roger Vailland, Roger Vitrac u.a. Auch surrealistische Maler wie Max Ernst, Salvador Dali traten teilweise mit Texten hervor.

Nach dem Zweiten Weltkrieg – Breton emigrierte 1940 nach New York und kehrte erst nach Kriegsende zurück – lebt der Surrealismus nur in einzelnen Künstlergruppen weiter. Die Literatur der zweiten Jahrhunderthälfte ist aber ohne sein Einwirken nicht denkbar.

Der Surrealismus hat nicht nur die französische Literatur befruchtet, sondern, wie namentlich neuere Untersuchungen zeigen, auch die deutsche, z.B. Marie Luise Kaschnitz, Anna Seghers oder Paul Celan (Vgl. Clarise Samuels: *Holocaust Visions: Surrealism and Existentialism in the poetry of Paul Celan*, Camden House, Columbia 1993), aber auch Hans Henny Jahnn und Hermann Kasack. Vor allem spielt er jedoch – als magischer Realismus – eine Rolle in der Literatur Mittel- und Lateinamerikas, so bei Aimé Césaire und Alejo Carpentier, sei es, dass diese Autoren nach Paris kamen und den Surrealismus an Ort und Stelle kennen lernten, sei es auch, dass André Breton, als er Ende der dreißiger Jahre in Mexiko war, wo er unter anderen Leo Trotzkij und Diego Riviera traf, seinen Einfluss ausübte. Die Surrealisten sahen damals Mexiko als das surrealistische Land par excellence an. (Näheres im Katalog zu Ausstellung *Lateinamerika und der Surrealimus*, Austellung Museum Bochum 22. Mai – 18. Juli 1993 und bei Susanne Klengel: *Amerika-Diskurse der Surrealisten*, Stuttgart, Weimar 1994).

Hinzuweisen ist auch darauf, dass die Studentenrevolte, besonders in Paris im Mai 1968, nicht unwesentlich vom

Surrealismus mitgeprägt ist. Nicht umsonst wurde der Surrealismus in den sechziger Jahren auch in Deutschland gewürdigt mit seinem Freudianismus, seiner Attacke gegen die bürgerlichen Werte. Inzwischen wird er allerdings etwas anders gesehen. Vor allem werden nun seine dunklen Seiten hervorgehoben. Die Kehrseite der Vernichtung der bürgerlichen Wertordnung, der Befreiung des Begehrens ist die Verzweiflung, die völlige Infragestellung des Ich. Nur wer zu seiner *souffrance morale* steht, wer sein Leiden am Leben nicht verdrängt, indem er sich den Gegebenheiten fügt, verhält sich moralisch im Sinne André Bretons. Aus der Melancholie, der Unfähigkeit zu handeln, der Verzweiflung kommt nicht der Einzelne heraus, wohl aber die Gruppe. Sie gibt dem Einzelnen, der sich im *ennui* verloren hatte, das Gefühl seiner selbst zurück. Sie entwickelt einen Zusammenhalt, der es ermöglicht, dass Aggressionen, die sich gegen das Individuum selbst oder andere Gruppenmitglieder richten, nach außen gekehrt werden. Die Surrealisten-Gruppe hat kein fest umrissenes Ziel im Auge. Sie kann ihre ursprüngliche Intensität nur bewahren, wenn es ihren Vertretern gelingt, ihr Scheitern als Teil ihres Projektes aufzufassen und nicht als ein Geschehen, das ihnen von außen zustößt. Das Projekt ist nicht von der Art, dass es erfolgreich abgeschlossen werden könnte, weil es das ganze Leben des Menschen betrifft. Gerade deshalb aber muss es immer wieder von neuem in Angriff genommen werden. In dem Projekt der Moderne hängen die dunkle und die helle Seite eng zusammen. Während man früher mehr die revolutionäre, in ihren verschiedenen Aktivitäten ungemein fruchtbare Seite des Surrealismus gesehen hatte, treten heute auch ihr Ausgesetzsein hervor, die Selbstbespiegelung des melancholischen, auf sich gestellten Individuums in einer Welt, in der die herkömmlichen Wertvorstellungen nicht mehr gelten und die Vereinzelung eines jeden, kurz die Befindlichkeit des modernen Menschen zu erkennen ist. (Vgl. Peter Bürger: *Der Surrealismus, Frankfurt 1996).*

Bio-bibliographische Notizen

Louis Aragon

Geboren 1897 in Paris, gestorben 1982 in Paris. Illegitimer Sohn des Anwalts und Abgeordneten Louis Andrieux und der Pensionswirtin Marguerite Toucas-Massillon. Kurzer Frontdienst nach 1914. Medizinstudium. Heirat mit der aus Russland stammenden Schriftstellerin Elsa Triolet (eigentlich Elsa Blick). Aragon ist Mitbegründer des Surrealismus und von 1917 bis 1931 mit André Breton befreundet, der ihn 1931 aus der surrealistischen Bewegung ausstößt. 1927 Eintritt in die KPF. 1934 Teilnahme am Charkower Kongress proletarischer Schriftsteller. Im spanischen Bürgerkrieg kämpft Aragon auf republikanischer Seite. Als Journalist engagiert gegen den Faschismus. In der Résistance erhält er eine leitende Funktion. Seit 1954 im ZK der KPF. Obwohl Aragon in den zwanziger Jahren gleichzeitig Lyrik, Romane, Erzählungen und Essays zu publizieren begann, galt er bei den Zeitgenossen, etwa bei André Gide, vor allem als Lyriker und Vorkämpfer des Surrealismus. 1924 hat er das surrealistische Manifest mit unterzeichnet, in den sechziger Jahren erklärt er auf die Frage nach dem Surrealismus, er habe nie etwas davon gehört. 1922 verfasst er ein Pamphlet gegen die verkalkten Parteistrukturen der Sowjetunion. 1968 protestiert er gegen die Intervention in der CSSR. Bei der Mai-Revolte 1968 findet er oft nur höhnische Zuhörer. – Aragons wichtigstes Werk der surrealistischen Phase in Prosa ist *Le Paysan de Paris* (1926). Seit 1938 bis Kriegsende schreibt er Gedichte, in denen er an die Tradition der französischen Lyrik anschließt, zu Alexandriner und Reim zurückkehrt. In seinen Romanen vertritt er den sozialistischen Realismus, zentrales Thema ist der Zerfall der als parasitär empfundenen bürgerlichen Gesellschaft, dabei führt er zuweilen polemische Angriffe gegen Frankreich und idealisiert die Arbeiterklasse. Gleichzeitig übt er Kritik am Stalinismus und seinen Varianten. – Copyright: Éditions Gallimard, Paris, und Rogner & Bernhard, Hamburg.

Antonin Artaud

Geboren 1896 Marseille, gestorben Ivry-sur-Seine bei Paris 1948. Jung schon nervenleidend. Einer der größten surrealistischen Dichter. Ab 1920 Paris, Künstlerkreise, Bohème, Surrealismus. 1926 mit Roger Vitrac von Breton wegen kommerzieller Instinkte – sie wollten surrealistische Stücke im Rahmen des professionellen Theaters aufführen – geächtet. Wird Schauspieler in Charles Dullins berühmter Truppe, im Ensemble Pitojeff und Jouvet. Ab 1926 Regisseur. 1932 verfasst er *Le manifeste du Théâtre de la cruauté*, wendet die Theorie in seinem Stück *Les Cenci* an, das ein Misserfolg wird. Reist nach Mexiko, nach Irland, 1936/37. Nach Rückkehr bis 1946 in der Nervenheilanstalt in Ville-Evrard. Berühmt geworden ist er vor allem durch *Le Theatre et son double*. Surrealistischen Geist zeigen auch *L'ombilic des limbes* (1924), *L'opium pendu* (1925), *Le pèse-nerfs* (1927), *Correspondance avec Jacques Rivière* (1927), *Heliogabale ou l'anarchiste couronné*. – Copyright: Éditions Gallimard, Paris *(L'Ombilic des limbes suivi de Le Pèsenerfs et autres textes, 1956)*.

André Breton

Geboren 1896 Tinchebray, Normandie, gestorben 1966 Paris. Sohn eines Kaufmanns, 1914 Medizinstudium, besonderes Interesse für Psychiatrie. Famuliert im Krieg in Lazaretten; 1916 Begegnung mit Jacques Vaché. 1919 veröffentlicht Breton seine ersten Gedichte *Mont de piété*, er gründet mit Soupault und Aragon die Zeitschrift «Literature» als Fortsetzung von Pierre Reverdys *Nord-Sud*, 1921 besucht er in Wien Sigmund Freud, dessen Erkenntnisse ihn und durch ihn den Surrealismus entscheidend prägen. 1924 formuliert er die surrealistische Theorie und wird zum Sprecher einer Gruppe von Autoren, u. a. Aragon, Eluard, Péret, mit denen er 1924 die Zeitschrift *La révolution surréaliste* herausgibt. 1927 bis 1935 gehört er der KPF an. 1938 organisiert er die internationale Surrealisten-Ausstellung, reist nach Mexiko, trifft Leo Trotz-

ki, Diego Rivera. 1940 emigriert er in die USA, wo er mit Marcel Duchamp und Max Ernst die Zeitschrift *VVV* gründet. Nach Kriegsende kehrt er nach Paris zurück und organisiert 1947 dort die zweite internationale Surrealismus-Ausstellung. Er wird zum Wortführer des Surrealismus und gibt ihm in Manifesten und kritischen Schriften eine theoretische Begründung. – Bretons Surrealismus sollte nicht nur ästhetische Schule, sondern auch Philosophie des Lebens sein. Neben Freudschen Ideen finden sich auch Elemente der marxistischen Philosophie. Er verwirklicht die Theorie des Surrealismus in versförmig angeordneter Prosa von visionärem Gehalt, aber in klarer maßvoller klassischer Form. Sein Buch *Nadja* (1928) gilt als das klassische Meisterwerk des Surrealismus. – Copyright für den Text Seite 6 ff: Wunderhorn Verlag, Heidelberg; für die Texte Seite 92 ff und 140 ff: Éditions Gallimard, Paris, und Suhrkamp Verlag, Frankfurt am Main; für den Text Seite 118 ff: Éditions Seghers, Paris, und Rogner & Bernhard, Hamburg.

René Crevel

Geboren 1900 Paris, Juni 1935 Selbstmord Paris. Stößt 1921 zu den Surrealisten und führt die Traumsitzungen ein. Er verwirklicht in seinen Romanen wie *Mon corps et moi* (1925), *Babylone* (1927), *Etes-vous fous?* (1929) und *Le pieds dans le plat* (1933) sowie in seinen Gedichten das automatische Schreiben bis zur Selbstzerstörung. Verbringt jahrelang viele Monate in Lungensanatorien. 1935 Vorbereitung des internationalen Kongresses der Schriftsteller zur Verteidigung der Kultur. Nach dem Zerwürfnis zwischen André Breton und Ilja Ehrenburg versucht er vergeblich zwischen Kommunisten und Surrealisten zu vermitteln. – Copyright: Gérard Paresys, Montreuil.

Robert Desnos

Geboren 1900 Paris, gestorben 1945 Theresienstadt. Gehört als einer der ersten Anhänger bis 1930 zur surrealistischen

Bewegung, in deren Organ *Littérature* er seine ersten Gedichte veröffentlichte. Er ist ein erstaunlich gutes Medium, Meister des hypnotischen Schlafs. Seine Gedichte zählen zu den schönsten des Surrealismus. Während der deutschen Besetzung gehört er der Resistance an und schreibt leidenschaftliche Widerstandsgedichte im Argot. Als er verhaftet wird, schreibt er noch im KZ Gedichte. – Copyright für den Text Seite 58 ff: Éditions Gallimard, Paris, und Reclam Verlag, Ditzingen; für die Gedichte Seite 122 ff: Éditions Gallimard, Paris (*Corps et bien*, 1953).

Paul Eluard

(eig. Eugène Grindel) geboren 1895 Saint Denis, gestorben 1952 Charanton de Pont. Seit 1908 in einem Vorort von Paris. Freudlose Jugend, Lycée Colbert, 1912 lungenkrank, zweijähriger Sanatoriums-Aufenthalt in Davos, 1914 Soldat. 1917 veröffentlicht er seine ersten Verse *Le devoir et l'inquiétude*, beeindruckt vom Unanimismus, 1918 begegnet er Paulhan, Breton, Aragon, Soupault, begründet mit ihnen die surrealistische Bewegung. 1924 siebenmonatige Reise nach Indien, Ceylon, Antillen, Neuseeland, Australien. Seit 1926 gilt er als bedeutendster Dichter des Surrealismus. Im spanischen Bürgerkrieg auf der Seite der Republikaner. 1942 Eintritt in die kommunistische Partei. Mitherausgeber der illegalen Zeitschrift *Les lettres françaises*. Unter den Dichtern der Résistance ist er derjenige, dessen Ruf über intellektuelle Kreise hinausdringt. Nach 1944 Reisen nach Italien, Jugoslawien, Griechenland, Polen, Tschechoslowakei. Verbindung zu surrealistischen Malern, Freundschaft mit Picasso. – Eluards Sprache ist von großer Einfachheit, Bedeutungsschwere, Transparenz und rhythmischer Harmonie. Seine Vertrautheit mit Natur, Dingen und Menschen ist die des Dichters in einem ursprünglichen Sinn. Fast das einzige Thema seiner ersten Gedichte (*Capitale de la douleur* 1926) ist die Liebe: Versinken im Anschauen der inneren Welt, Gedanke der existentiellen und ideellen Einheit von Mann und Frau: *L'amour, la poésie; La vie immmédiate; La rose publique*. Nach

1930 Anteilnahme am aktuellen politischen Geschehen auf der Suche nach dem Glück in der Realität: im spanischen Bürgerkrieg (*Au rendez-vous allemand*), in der Widerstandsbewegung (*Livre ouvert, Poésie et vérite*, das Flugblatt-Gedicht *Liberté*). Im Dienst des Kommunismus Gedichte, Reden und Aufsätze. – Copyright für die Gedichte Seite 84 ff: Éditions Gallimard, Paris, und Diogenes Verlags AG, Zürich; für den Text Seite 118 ff: Éditions Seghers, Paris, und Rogner & Bernhard, Hamburg.

Michel Leiris

Geboren 1901 Paris, gestorben 1990 Paris. Lyriker und Essayist, Ethnologe. Mehrere Forschungsreisen durch Äquatorialafrika und Abessinien. (Tagebuchaufzeichnungen *L'Afrique fantóme* 1934). 1948 bis 1952 Aufenthalt auf den Antillen. Leiris gründet mit R. Caillois und G. Bataille das College de Sociologie. Kommt vom Surrealismus her, zu dem er 1924 bis 1930 gehört. Seine Gedichte sind getragen vom Erotismus, verbunden mit dem Suchen nach dem Sinn des Lebens und nach der Überwindung von dessen Nichtigkeit und Leere. In seiner stark autobiographischen Prosa (*L'Age d'homme* 1939) schonungslose seelisch-moralische Selbstenthüllung. Nähe zu Proust. Starker Einfluss auf die jüngeren französischen Erzähler und den nouveau roman. – Copyright: Jean Jamin, Paris.

Benjamin Péret

Geboren 1899 Rezé/Loire Atlantique, gestorben 1959 Paris. Freund von Breton, Mitbegründer des Surrealismus, Teilnehmer am spanischen Bürgerkrieg auf republikanischer Seite, Mitglied der KPF, 1941-45 im mexikanischen Exil. Pérets lebhafte, eigenwillige, teilweise exzentrische Lyrik übt Kritik an den überlieferten Einrichtungen. Seine Prosa nützt die Möglichkeiten der «écriture automatique». In der Zwischenkriegszeit hat Péret auch Erzählungen und Farcen verfasst. – Copyright: Bertrand Fillaudeau / Librairie José Corti, Paris.

Raymond Queneau

Geboren 1903 Le Havre, gestorben 1976. 1920-1925 Studium der Philosophie an der Sorbonne, mit der Licence abgeschlossen. Zuerst Bankangestellter und Handelsvertreter. Militärjahre in Algier und Marokko. Gehört 1924-1929 der surrealistischen Schule an, bricht dann mit Breton, tritt in den Verlag Gallimard ein, seit 1941 dort Generalsekretär. Er verwandelt die Sprache in schöpferischem Spiel, sucht dadurch ihre Erneuerung zu erreichen. Schauplatz ist oft das Vorstadt-Milieu. Personen seiner Romane offenbaren die Sinnlosigkeit des Lebens, aber er verzaubert sie durch poetische Träumerei, Humor und Ironie. Der Autor stellt in erster Linie redende, nicht agierende Gestalten dar. Das Geschehen wird durch das, was sie mitteilen, d. h. aus ihrer Perspektive geschildert. Queneau schreibt auch Drehbücher, Rundfunksendungen, visuelle Texte und übersetzt aus dem Englischen.

Philippe Soupault

Geboren 1897 Chaville/Seine et Oise, gestorben 1990 Paris. Jugend in Paris. Mit André Breton im Kreis der Surrealisten, 1919 Mitbegründer der Zeitschrift *Littérature,* Journalist. Er geht nach Nordafrika und gründet 1938 in Tunis einen Rundfunksender; 1942 wird er von der Regierung Pétain eingekerkert. Nach seiner Befreiung zweijähriger Aufenthalt in den USA. Leiter des Auslanddienstes des französischen Rundfunks. Als Beauftragter der UNESCO Reisen in Europa, Afrika und dem Orient. Für Lyrik, Roman und Essay sind seine Vorbilder Rimbaud, Lautréamont und Apollinaire. Anfangs ist er von Surrealismus und Dadaismus beeinflusst. Zusammen mit André Breton schreibt er die erste bedeutende surrealistische Gedichtsammlung *Les champs magnétiques* (1919). Während Soupault sich in seinen Romanen vom Surrealismus abwendet, Essays über den Zöllner Rousseau und Apollinaire, William Blake, Lautréamont, Charlot, Baudelaire, Debussy und James Joyce verfasst,

wendet er sich in seinen letzten Gedichten wieder dem Surrealismus zu. –

Literaturhinweise

Mehrere Texte dieses Taschenbuches sind in anderen Übersetzungen erschienen und zum Teil im Buchhandel.

Louis Aragon: Le paysan de Paris, übertragen von Rudolf Wittkopf, Nachwort von Elisabeth Lenk (1. Auflage 1969). Rogner & Bernhard, München.

André Breton: L'amour fou, übertragen von Friedhelm Kemp (1. Aufl. München 1970). Bibliothek Suhrkamp Band 435.

André Breton: Nadja, Übertragung und Nachwort von Max Hölzer (1. Auflage Pfullingen 1960). Bibliothek Suhrkamp Band 406.

André Breton / Paul Eluard: Die unbefleckte Empfängnis, deutsch von Johannes Hübner, mit einer Studie von Gisela Steinwachs. Rogner & Bernhard, München 1974.

Paul Eluard: Hauptstadt der Schmerzen (Capitale de la douleur), Gedichte, übertragen von Gerd Henniger (1. Auflage Berlin 1959). Diogenes Verlag, Zürich.

Robert Desnos: Surrealistischer Text in: Als die Surrealisten noch recht hatten, Texte und Dokumente, herausgegeben und eingeleitet von Günter Metken. Übersetzt in «Traumtexte» von Marianne Oesterreicher. Reclam, Stuttgart 1976.

Robert Desnos: J'ai tant rêvé de toi in: Robert Desnos von Pierre Berger, Portrait & Poesie, übersetzt von Anneliese Hager. Neuwied 1968.

Wir danken den Verlagen, dass sie daneben dieses Lesebuch zugelassen haben.